哈布特格与公牛角

梁鼐 著

春风文艺出版社
·沈阳·

图书在版编目（CIP）数据

哈布特格与公牛角/梁鼐著. --沈阳：春风文艺出版社，2024.9.--ISBN 978-7-5313-6727-7

Ⅰ．I247.7

中国国家版本馆CIP数据核字第2024AT1864号

春风文艺出版社出版发行
沈阳市和平区十一纬路25号　邮编：110003
辽宁新华印务有限公司印刷

责任编辑：姚宏越　孟芳芳	责任校对：于文慧
封面设计：黄　宇	幅面尺寸：130mm × 203mm
字　　数：138千字	印　　张：7.25
版　　次：2024年9月第1版	印　　次：2024年9月第1次
书　　号：ISBN 978-7-5313-6727-7	
定　　价：48.00元	

版权专有　侵权必究　举报电话：024-23284391
如有质量问题，请拨打电话：024-23284384

目录

少年宝音的心事 001

哈布特格与公牛角 025

扎鲁特兄弟 047

阿布来接我的那一天 071

吃土豆的人 111

低级趣味 133

吃板糖的学问 155

吐默特的歌谣 178

隐身衣 204

少年宝音的心事

一

一个深秋的早晨，气温薄凉，草木上露珠晶莹，山间浓雾缠绕。天蒙蒙亮少年就起床了，煮了奶茶，焐了炒米，喂饱了一匹马和两只羊，然后打开院门，望着巨人一样卧在那里的乌拉山，做出了一个重要的决定：去偷一只狗。

少年叫宝音，今年十二岁。要偷的狗是表哥巴特家的。巴特家离宝音家有三十里。三天前，巴特捎话来，叫宝音和妹妹萨仁去看他家阿尔斯楞新生的小狗崽，说已经满月了。阿尔斯楞是一只颜色灰黑的母狗，身形高大，鼻头和眼睛都湿润润的，模样俊美。

宝音和妹妹骑着枣红马应约而去。枣红马是爸爸的座驾。爸爸是草原上的医生，一个月前去旗里的医院进修了。

那天，宝音和妹妹萨仁到了巴特家，巴特迎出来说，你们俩有福了，是小狗崽见的第一批生人。宝音听着有点别扭，好像不是他们来看小狗，而是让小狗来欣赏他们。巴特比宝音大两岁，高出宝音一头，嘴唇上生着一层黑黑的小胡子，看上去是个大小伙子了。他独自一人在家，父母都在外地打工。巴特又看了看萨仁说，萨仁越来越漂亮了。六岁的萨仁没理他，面色沉静如水，好看的黑黑的眼睛望着别处。她的手紧紧地拉着宝音的衣襟。萨仁和别的孩子不一样，两岁那年一场高烧把耳朵烧坏了，从那以后，她那粉嘟嘟的小嘴，再没发出过任何声音。她像掉进了漆黑的井里，被黑暗和沉默包围了，没有悲伤，也没有欢乐。宝音特别疼爱萨仁，不容别人对她有半点的轻视和侮辱。他身上有两处伤疤就是为了萨仁和别人打架留下的。

　　狗窝在院子东南角。狗窝旁边有一棵桂花树，白色的桂花正在盛开，香气隐隐地传过来。间或有花瓣打着旋落在狗窝上。宝音和萨仁在巴特的引领下，接近狗窝，在离狗窝三米远的地方站住脚。宝音还要往前，巴特伸出手拦住他，小声说，别离太近，下了崽的母狗赛老虎，护犊子，特别凶。宝音为了看得更仔细些，蹲下身子。萨仁也蹲下身子，紧紧地贴着宝音。再看那狗窝里，阿尔斯楞正享受着做母亲的快乐。它侧躺在柔软的散发着清香的干爽的谷草上，完全舒展开身子，腰腹处一字排开的四只灰黑色的小狗崽，正一拱一拱地吃着奶。金色的阳光在它们灰黑色的皮毛上跳动。它们挤挤挨挨，闭着眼睛，吱吱有声地吸着母乳，短小的尾巴如同鞭梢甩来甩去。有一只小狗崽叼着乳头一动不动，好像睡着了，别的小狗崽撞了它一下，它才如梦初醒，继续吃起奶来。

看了一会儿，宝音站起来，但他没能完全站起来，有一股向下的力量拉着他。是萨仁，萨仁还保持蹲着的姿态，小手紧攥着宝音的衣襟，把他向下拉。她的眼睛亮晶晶的，闪着异样的光彩，好像那里点了一盏灯。她指向小狗崽，嘴里发出一个含混不清的音节。宝音看到她从来波澜不惊、一潭死水样的脸颊上有笑容在微微荡漾。怔了好一会儿，宝音才渐渐明白，萨仁喜欢小狗崽。宝音第一次看见萨仁脸上露出笑容，并且说出一个音节。宝音想，如果小狗崽能让萨仁高兴，那可太好了，也许，萨仁从此变成一个活泼开朗的女孩儿。即使不会说，听不见，可活泼开朗也是好的。宝音暗暗打定了一个主意。

观赏完小狗，巴特把宝音和萨仁邀到葡萄架下的长条凳上。宝音为了达成目的，动用了全部的心思。他先是对巴特说了一些违心的奉承话，比如，他夸巴特又长帅了，像真正的男子汉了。其实，他对表哥那张脸毫无好感：那张脸有点夸张的长，两只眼睛也分得过于开了，还长了一脸的青春痘。他又说巴特独自在家，把家治理得井井有条。其实呢，巴特把家弄得像牲口棚一样，他时常把一些小青年带到家里吸烟喝酒，彻夜狂欢。西墙角一堆烟蒂和酒瓶子就是证明。

宝音没有想到，好话说了一箩筐，当他刚刚把要一只小狗崽的意思稍微流露，巴特就断然拒绝了。巴特眉毛一挑，说，不行，这是纯种的牧羊犬，等你姑父也就是我爸爸年底回来，我让他给我买一群羊，过年春天，我就带着它们去放羊。宝音说，不是有四只小狗崽吗？巴特把脸转过来，看着宝音说，是呀，四只，四个方向，东南西北，哪个方向能少得了狗？咱们这儿最近闹狼，你也应该听说了。狼的事情宝音确实听说了。前几个月，有娃娃在草场边玩，大人在割草，就听娃娃哭喊，扭回头看，两只狼正拽着娃娃往乌拉山里跑，大人急忙拿镰刀去追，狼才丢下娃娃跑了，叼走了娃娃的一只鞋。宝音还不死心，说，不是还有阿尔斯楞吗，给我一只，加上它妈也是四只，正好四个方向。巴特有些不耐烦地说，阿尔斯楞得跟着我，寸步不能离，宝音，你不要想了，一只也不会给你的。宝音使出撒手锏，打起亲情牌，说，你看到了吗，萨仁喜欢小狗崽，咱们是亲戚，萨仁是我妹，也是你妹，能不能——巴特抽动了一下嘴角，说，萨仁，哼，她知道什么是喜欢吗，她一个——话到嘴边，他又咽了回去，因为他看到宝音悄悄逼近他，呼吸急促，拳头紧握，牙齿已经龇开了，像看到猎物的阿尔斯楞一样盯着他。巴特脊背发凉,把嘴巴闭紧,不让后半截话溜出来。

宝音满腔悲愤地离开了巴特家。

回来之后,萨仁还是原先那个萨仁,木木呆呆,迟迟钝钝,脸像一块铁板生冷。宝音多想再从妹妹的脸上看到那一闪而过的笑容,那发自内心的欣喜,多想听到那音节,即使什么意义也没有,只是一个单纯的音节。

妈妈前年去世了。宝音清楚记得妈妈去世前让他照顾好萨仁。宝音是答应过妈妈的,他亲了亲妈妈的额头,妈妈才奔向了天堂。

宝音终于在三天以后的这个早上,下定决心去巴特家偷一只狗,确切地说是一只小狗崽。

二

宝音准备了一个柔软的布袋,在布袋上开了几个出气孔。他把布袋系到腰带上,牵着马刚要走出家门,奶奶悠长的呼唤传来,格——日——乐,格——日——乐,格——日——乐,声音婉转,一咏三叹。这声音乘着风和阳光跑进乌拉山,曲曲折折,滑过树叶,掠过草尖,不知飘出多远,撞到一块巨石,产生回声,又蹦蹦跳跳钻出乌拉山,格——日——乐,格——日——乐,格——日——乐。如此往复,形成奇妙的音效。

自打出生起，宝音就常常听到奶奶这样对着乌拉山深情地呼唤。她在呼唤格日乐。格日乐是谁呢？是奶奶常常讲述的一个离奇的故事中的主角，一头毛色如同黑色缎子般的小熊。奶奶喜欢讲这个故事，更喜欢对着宝音讲。宝音听得耳朵都起了茧子。比如就在刚才，宝音端着奶茶和炒米进入奶奶的房间，浓烈的酒精气味立刻让宝音头昏脑涨。奶奶今年七十九了，是个酒鬼，每日里醉醺醺的，汗毛孔都溢着酒气。她常说她从十三岁就喝酒了，这一生喝的酒比赤木伦河的河水还多。有一次她病了，爸爸给她输液，她一把扯掉输液管，对爸爸说给她输一瓶白酒，病就好了。她没有一刻是清醒的，酒瓶就放在她的床头，不论昼夜，只要她想起来，就拿起酒瓶，用没了牙的满是褶皱的嘴嘬住酒瓶，咕嘟喝一口。

果然，奶奶又喝醉了，床头的酒瓶已经空了。奶奶嘴角流着涎水，倚在被垛上打着呼噜，面色像猴屁股一样红，沟壑般的皱纹叠在一起。宝音把炒米和奶茶放到一张椴木桌上，刚要转身走，奶奶睁开眼睛，混浊的目光罩住宝音，吐着酒气叫道，宝音，我的孙子！宝音还要走，却动不得，大腿被奶奶用山榆木的拐杖钩住了。奶奶说，宝音，奶奶给你讲格日乐的故事，你没听过吧？宝音叫道，奶奶，我听过，听过一百遍了。奶奶说，我就知道你没听过。宝音叹一口气，知道逃不掉了，索性坐在床边上。奶奶眯着眼睛絮絮叨叨讲述起来，故事时常被酒嗝打断，有些磕绊。在奶奶的故事里，她又一次回到六十多年前那个春天的傍晚，那时，她还是一个十二三岁的小姑娘，有着乌黑的秀发和鹅蛋般的脸庞，她的名字叫图娅。

故事是这样的。那个早春的傍晚，图娅和她的爸爸在乌拉山巡山。她的爸爸是护林员。天很冷，山上的积雪还没有融化，爸爸穿着羊皮袄扛着老火铳走在前面。图娅蹦蹦跳跳地跟在后面。突然，乌拉山北坡传来一声枪响，枪声在山里久久回荡。爸爸说，不好，有人偷猎。说完从肩膀上把火铳摘下来，端在怀里，向枪声响的地方跑去。图娅拔出插在皮靴里的一把短刀，紧紧跟着爸爸。短刀是爸爸特意为她定制的，这两年，她已经成为爸爸最好的帮手，抓过好几个偷猎贼。等他们跑到北坡，发现偷猎的人已经跑远了，一头小山一样壮硕的母熊倒在雪地上，胸前汩汩流着血，濡湿了毛发和身下的白雪。它喘着粗气，四肢抽搐着，过了一会儿，一动不动了。爸爸悲伤地叹着气。在即将离开的时候，他发现熊圆睁的眼睛朝向几十米外的一棵老树。常年与动物打交道的经验提醒他，老树那里也许有母熊不舍的东西。爸爸走过去查看老树，发现老树根部有一个树洞，里面有一只几个月大的小熊。小熊对自己刚刚失去母亲的悲惨事实一无所知，还在呼呼大睡。图娅和她的爸爸把小熊抱回家。图娅精心地喂养小熊,它是一头小母熊,图娅给它起名叫格日乐,在蒙古语中是光的意思。图娅和格日乐寸步不离,别人遛狗,她遛熊,威风极了。格日乐见风就长,不到两年已经长得一人高了,立起身子,头顶房梁,屋里容不下它了。

第三年的秋天,从西伯利亚来了一群狼,经常袭击草原上的羊群。有一天夜里,爸爸放牧没有回来。图娅带着格日乐去找,在草原深处发现爸爸和羊群被十几只狼包围了。格日乐冲上去与群狼撕咬到一起,一场血战,战到半夜,大败狼群,格日乐也浑身血迹。格日乐救了爸爸和羊群,图娅对它更亲了。

格日乐越长越大,身形像小山一样,走起路来大地咚咚直颤。图娅带着它走在草原上,牧民纷纷闪避。爸爸劝说图娅把格日乐放还森林。他说,格日乐不是哪个人的,它是属于乌拉山的。图娅流着泪同意了。离别那天,图娅和格日乐紧紧拥抱着,难舍难分。

奶奶说她永远记得格日乐钻进乌拉山里的情景,一开始步子慢,走一步回头看一眼,后来,越走越快,发出一声惊天动地的吼声后跑起来,灌木丛似乎在它面前自动闪出了一条道路,迎接归来的丛林之王。最后,格日乐消失在乌拉山中了。

奶奶讲完,眼睛转到窗外,看着晨光里黑魆魆的神秘的乌拉山。宝音问了一个埋在心中很久的问题,奶奶，你整日呼唤它，它回来过吗？奶奶神秘地一笑，说，当然回来过，它回来过三次，第一次是它走后的第二年，带了一间房子那么大的蜂巢给我，里面都是蜂蜜，第二次是它走后的第十五个年头，它带着它的女儿来看我，第三次是二十年前，它像我一样老了，毛都白了。

奶奶陷入沉思。宝音想趁机离开，刚要起身，发现奶奶的拐杖还钩着他的大腿。宝音说，奶奶，酒没了，我去给你买酒。奶奶瘪着没牙的嘴，笑了，松开拐杖说，好孙子，买度数高的，现在这酒水拉拉的，劲头不大。

宝音骑上枣红马，踏上去巴特家的路，身后又传来奶奶唱歌似的呼唤：格——日——乐，格——日——乐，格——日——乐！那声音像一条绳子在马屁股后追着他。宝音加速，终于听不见了，只有飒飒秋风过耳。

三

要想顺利把小狗偷到手，必须逾越两个障碍，一个是巴特，一个是阿尔斯楞。这是宝音趴在巴特家院墙外的一处草丛里思索的问题。他把马拴在了村外的一片沙棘林里，让它在那儿啃食沙棘果，自己悄悄进了村。他隐藏在这里已经有两个小时了。他忍受了蚊虫的叮咬和一条花带子蛇慢慢滑过去所引起的惊恐。他把自己想象成一块石头，不发出任何声响，以免惊动院子里的巴特和阿尔斯楞。他潜伏在草丛里，偶尔抬起头，透过一个豁口观察院子里的情况。

巴特真应了那句古老的谚语：穷汉子得个驴，日日夜夜地骑着。从宝音到达这里的两个小时里，巴特以阿尔斯楞为中心，不停地忙碌着。他一会儿给阿尔斯楞切冻鸡肉，一会儿给阿尔斯楞用刚提上来的清凉的井水沏蜂蜜，一会儿清理阿尔斯楞的粪便，一会儿给阿尔斯楞梳毛。有时什么也不做，只是盯着阿尔斯楞和小狗崽看，那眼神里爱意流淌，好像那四个瞪着小眼睛只知道吃的小东西是他的孩子。

阿尔斯楞呢，除了像个王后一样享受巴特的侍候外，就是给小狗崽喂奶。偶尔，阿尔斯楞会离开狗窝，直起腰身，警惕地环视四周。它非常敏感，任何风吹草动在它看来，都是对它孩子的威胁。一只长尾巴鸟落在墙头上，一只松鼠跑过墙根，它都要龇着白牙，大吼大叫，追上去，踢土扬烟，把它们吓跑。

目前的情形看，宝音要想偷到小狗崽，比在母鸡屁股底下偷蛋的难度都大。他告诫自己要有耐心，恰当的时机总会出现的。

临近中午，一个叫朝鲁的小青年来找巴特。宝音认识朝鲁，以前跟着巴特和朝鲁一起玩过。朝鲁和巴特两个人面对面站定,递烟递火,像两个老手烟民一样吞云吐雾起来。朝鲁说,旗上新开了一家超市,咱们去耍耍?巴特说,不去,我得在家照顾阿尔斯楞呢。朝鲁说,去超市正好给阿尔斯楞买点狗粮。巴特还有些迟疑。朝鲁又说,你家阿尔斯楞跟母狼似的,谁要打它的主意,真是不想活了。巴特朝四周望了望,望到宝音藏身的地方似乎停了下来,宝音赶紧缩紧身形,压低身子,恨不得变成蚂蚱钻进草缝里去。宝音听到巴特说,那好吧,咱们快去快回。然后是锁院门的声音,巴特和朝鲁出了院子。

宝音轻轻松了一口气,巴特离开了,少了一个障碍。可更大的障碍还在。宝音摘一朵蒲公英花放在嘴里咀嚼,汁液飞溅,口腔里立刻苦涩了。他脑子飞速地旋转,想到只有两条路可走,一是强攻,用最快的速度跑过去,从阿尔斯楞奶头底下抢一只小狗崽出来。宝音对自己的速度还是非常自信的,他是学校八百米的冠军。可一看到阿尔斯楞牛犊子一样的身形,锋利如匕首的牙齿,他马上就否定了自己的想法。剩下一条路就是智取。可怎样智取呢?不能指望像巴特一样,来一条公狗或者一条母狗把阿尔斯楞勾引走。现在的阿尔斯楞无欲无求,全部的心思都在小狗崽身上。

宝音苦苦思索。吃到第八朵蒲公英花时,嘴巴都发麻了,他看到了狗窝旁边满树繁花的桂花树。这不重要,重要的是他看到这棵桂花树的枝杈旁逸斜出,有一截手腕子那么粗的伸到了墙头上。这样,墙头和狗窝之间就有了一座桥。

宝音轻轻活动活动手脚,长时间地蜷缩在草丛里,手脚已经酸麻。他现在的位置是南墙,桂花树伸出来的位置在东墙,离他大约五十米远。他弯腰低头,贴着墙根溜到桂花树伸出来的东墙外。在拐过墙角的时候,他落脚的动静稍微大了些,阿尔斯楞狂吠起来,他赶紧屏声静气,身体像壁虎一样贴到墙上,一动不动。阿尔斯楞叫了一阵子,没觉察出什么异常,才喉咙里像烧开水似的呼噜了几声,不叫了。

宝音现在和桂花树、阿尔斯楞以及它的孩子们只有一墙之隔了。他能听到阿尔斯楞哺乳的声音,甚至能听到桂花树上的花瓣落到狗窝顶上的声音。他更是无比清晰地听到自己的心跳,像一面鼓似的撑起胸腔,要从里面蹦出来。他按了按自己的胸口,定了定神,给自己打气。他设想的动作要是完成顺利,只要几秒钟,不待阿尔斯楞反应过来,他已经揣着可爱的小狗崽逃之夭夭了。他告诫自己一定要快,不能拖泥带水,否则出了差错,比母狼还凶狠的阿尔斯楞会撕碎了他。

宝音捡起一块鹅蛋大的石头装进兜里。他轻轻地用手扒住墙头,一用力,身子向上蹿,跃了上去。他从来不知道自己是这么利落,像一片树叶,像一片花瓣,神鬼不知地落在了墙头上。他手扶着桂花树的枝杈,身体掩在枝叶里,墙里的情景尽收眼底。阿尔斯楞以经典的哺乳姿势斜躺着,四只小狗趴在它的腰腹处。阿尔斯楞眯着眼睛,身体因为四只小狗的顶撞和咂吸,像水波一样荡漾,嘴里发出痛苦或幸福的呻吟。宝音真有点不忍心打扰其乐融融的阿尔斯楞一家,但是为了妹妹萨仁,他不得不这么做。他掏出石头,向着院子的西北角奋力扔去。石头在空中飞行一段,啪嚓一声发出脆响落地了,应该是砸到了酒瓶子上。如宝音所料,这招调虎离山计马上见效,阿尔斯楞听见声音,立即扬起头,竖起耳朵,起身,吠叫着冲出狗窝。因为冲得太猛,一只没能及时吐出乳头的小狗崽被带出狗窝,在阿尔斯楞腹下弹了几弹,掉到地上。宝音一看,大喜过望,急忙顺着桂花枝蹿到桂花树上,用双脚钩住一根枝杈,头朝下,像小猴子捞月亮似的一下子把那只小狗崽捞了起来。等手触到小狗崽那柔软的皮毛,宝音几乎高兴得热泪盈眶了。但他没有激动的一点时间,他能想到阿尔斯楞冲过去发现并无什么异常,只是如鸟和小松鼠一样的常规骚扰,就会立即拨转狗头,回到小狗崽身边。如同人类中初当母亲的年轻妈妈,她们忍受不了和孩子的片刻分离。宝音把小狗崽搂在胸前,双脚用力,腰一挺,翻身上了桂花枝,顺着枝子到了墙头,从墙头上一跃而下,撒腿就往村外跑。

这回他顾不得什么了，让两只腿像车轮一样疯狂地滚动起来。热血上头，他认不得路了，只知沙棘林大致的方向。他还来不及把小狗崽装进布袋，就那么搂在胸前，狗的绒毛抚弄着他的胸口，小狗崽特有的腥气冲进他的鼻孔里。他跑出了在学校比赛时最后阶段的冲刺速度。他像风一样从村中刮过。世界在他的眼中变形了，动荡不安了，树跳起来了，房屋像橡皮泥任意变换形状，小路像河水一样曲折漫漶。他惊了一群中午回家喝水的牛，把一个背着一垛青草的老人撞了个四脚朝天。

几个七八岁的孩子看到他，停下手里正玩的游戏。有认识他的喊，宝音宝音，你跑什么，是屁股后边着火了吗？等看清了他怀里的小狗崽，几个孩子就拍手唱起来：羞羞羞，把脸丢，不偷人家羊，不偷人家牛，就偷人家的小狗狗……

四

宝音一口气跑到了村外的沙棘林里。枣红马看见小主人回来了，很兴奋，对着宝音直打响鼻，喷了他一脸的沙棘果汁。宝音顾不得擦脸，扶着它的背，大口喘气。

歇息片刻，呼吸稍稍平稳，宝音把小狗崽装进布袋里。小狗崽不老实，在布袋里一边叫一边挣扎。布袋上有一个出气孔剪得大了些，小狗崽就把头从那儿钻出来。它把头钻出来，宝音就给它按回去，它又钻，宝音又按，如此反复，小狗崽有点爱上这个游戏了。宝音却不能多耍了，把布袋系紧，绾个扣，挂在脖子上，骑上马踏上回家的路。

路从草原中间蜿蜿蜒蜒伸向远方，看不见尽头，像是消失在了草原上。秋天的草原像极了一大块五彩斑斓的大毛毯。草原上的草正在由翠绿变得鹅黄，盛开着的各种颜色的花朵点缀在它们中间，随风轻轻地摇曳。草原一侧的赤木伦河的河水在阳光的照耀下闪着金色的光芒，静静地流向远方。一户人家升起了袅袅的炊烟，那炊烟扶摇直上，到了天上和白云汇在一处。有蒙古族汉子的歌声传过来，粗犷豪放，质朴高亢，却看不清唱歌的人在哪里。

宝音边走边欣赏美景。路过一家杂货店，宝音想起给奶奶买酒的事。要是忘了买酒，奶奶会没完没了地和他纠缠。他跳下马，进了杂货店。店主是个名叫宝力德的小老头，有通红的酒糟鼻子和常年布满血丝的小眼睛。他有个女儿叫奥登，和宝音一般大小，像草原上的杜鹃花一样漂亮。宝力德每次见到宝音都说要把女儿嫁给他。宝音不当真，因为他听到宝力德对每一个到他店里来购物的年轻的男子都这么说。

宝音进了店门，宝力德说，小马驹，给你奶奶买酒吗，这次新到的酒比蜜还好喝呢。宝音点点头。宝力德拿起一瓶酒递给宝音。宝音付了钱。要离开的时候，宝力德看到了宝音脖子上挂的布袋子，就伸出手捏了捏。小狗崽吱吱叫起来，头从出气孔里钻出来。宝力德眼睛一亮，说，宝音，把小狗崽给我吧，我把它养大了替我看门儿。宝音说，那可不行，这是给我妹萨仁的。宝力德从柜台里一通翻拣，拿出好多吃食，说，这些给萨仁，你把狗给我，这几天夜里总有野牲口在我门前来来回回地走，吓得我一夜夜地睡不着哇！宝音知道他说的野牲口是狼。宝音还是不松口。宝力德又笑眯眯地说，宝音，咱们是一家人，等你长大了，我就把我家奥登嫁给你。宝音说，那也不行。说完，转身就跑了。身后传来宝力德的骂声：臭小子，小气鬼，连个小狗崽都不给我，想娶我女儿，门儿都没有……

离开杂货店，又走了一段路，掉凉风了，天边起了一层黑云，有隐隐的雷声传来。宝音双腿一夹马肚子，快跑起来。

那乌云像被人驱赶着，跑得比宝音快多了，一会儿就到了宝音的头顶上。天色阴暗，乌云像开了锅似的翻滚起来，雷声由沉闷变得清脆，风也变得湿润了。一个炸雷，天地为之一凛，豆大的雨点落下来。雨点落在地面上发出子弹一样的砰砰声。风也猛烈地刮起来，草全被吹得倒伏在地皮上。雨越下越大，打得人睁不开眼睛。风越刮越急，几乎在马背上坐不住了。

宝音硬着头皮往前走了一段，到了乌拉山下，雨大风急，枣红马也脚下打滑，实在不能走了。宝音下了马，四处打量，寻找避雨的地方。宝音想起去年到乌拉山上采蘑菇，发现了一个供护林员休息的铁皮房。他牵着马上了乌拉山，一进乌拉山，雨和风都小了，似乎被挡在了巨大的树木笼罩的世界外面。整个乌拉山绿意葱茏，透着雨水冲刷过的干净和清爽。树底下小伞似的蘑菇肥白鲜嫩。各色的野花这一处那一处地开放，像星星布满天空。

走了不远，离开路不到二百米，宝音就发现了铁皮房。宝音把马拴在一棵枝叶茂密的山榆树底下，怀揣着小狗崽进了房子。经过了大半日紧张刺激的冒险，又挨了雨淋，宝音又渴又饿，浑身湿漉漉的像从赤木伦河里捞出来的。他知道这样的铁皮房里都会预备些吃的喝的。他在房子里搜索起来。果然，房梁上吊着一个绿色军用水壶和一小袋牛肉干。他摇了摇水壶，有清脆的水声传出来。他赶紧拧开壶盖，大口地喝起来，恨不得一下子就把壶里的水全倒进肚子。可是天哪，那哪里是水，分明是酒，刚才太急切了，根本没闻出味道。看情形，护林员当中，像奶奶一样的酒鬼也不少。来不及吐出来，壶里一大半的酒都进了宝音的肚子。他是第一次喝酒，先是感觉舌头发麻，辣得像风雨中抖动的树叶，然后那酒像岩浆一样从喉咙滑进胃里,每向下一点,都会有吱吱啦啦的烧灼感,等到了胃里,瞬间就着了火。那火又从汗毛孔里钻了出来,宝音的身体整个都燃烧起来了。

起初的不适感消失后,他感到身子暖了,寒意被赶走了,有热气升腾起来。酒真是好东西,怪不得那么多人迷恋它。他又从袋子里拿了几块牛肉干,咀嚼起来。

几块牛肉干下肚,胃里就熨帖多了。只是头大了一轮,晕乎乎的,身体直晃。他站立不稳,只得坐下来。他看了看布袋里的小狗崽,它一点也没受委屈,在宝音的呵护下,闭着小眼睛,睡得正香。雨滴打在铁皮房上发出嘭嘭嘭嘭的声音,偶尔夹杂一两声树枝断掉的咔嚓声。宝音酒劲上涌,眼皮粘到一起,迷糊起来……

在即将失去意识的一瞬间,他有些得意,想自己比奶奶厉害,奶奶十三岁开始喝酒,他从十二岁就开始了。

不知过了多长时间,宝音醒过来,发现光线昏暗,已经是黄昏了。他站起来,头还有些痛,感觉胸前空荡荡的,布袋子里的小狗崽不见了。他急出一身冷汗,赶紧在房子里找,翻遍犄角旮旯也没有。他出了房子,发现外面的雨停了,整个乌拉山都水淋淋的了。树林里光线幽暗,勉强能够看见东西。他知道小狗崽跑不太远,就以房子为中心找起来。他找得很仔细,拨开一簇簇荆条，翻开一丛丛野葡萄，甚至连地面上沉积多年的棉絮一样的松针落叶都没放过。终于，他在一株野牵牛底下发现了小狗崽。它藏身在一朵朵怒放的紫红色的牵牛花下面。宝音松了一口气，把它抓起来，重新放进布袋，系住口。在抓的过程中，宝音遭到了小狗崽的抵抗，它缩紧身子，企图躲避宝音的手，还回过头要咬他。宝音有点纳闷，才过半日，小狗崽就变野了。

下了乌拉山，回到路上，太阳已经收回最后一缕光线，黑暗正像一块幕布缓缓地拉过来。宝音想着趁天黑之前得回到家里，拍了马屁股几下，跑起来。

五

回到家，天都黑透了，乌拉山像一大团墨融在黑暗中，静默地立在那儿。宝音家是这里唯一的住户了，别的村民都搬走了。奶奶恋着老宅，不肯搬。屋里亮着灯，灯光如同黑暗中点燃的一小撮火把。宝音把马拴在石槽上，进了屋。奶奶正在给萨仁一边编辫子，一边唱歌。昏黄的灯光下，她的头上如霜雪覆盖，跑风漏气的嘴里响起传唱千载的歌谣：成吉思汗的两匹骏马呀，圣祖还在等着你回家，回家喝了这杯酒，和你一起驰骋，一起驰骋天下……

奶奶看见宝音，停止了歌唱，说，酒呢？没有酒，我这一天过得可苦了。宝音把酒递给奶奶，奶奶接过去，迫不及待地喝了几口。喝完，满意地咂咂舌。

宝音把布袋慢慢解开，郑重地把小狗崽掏出来，让它暴露在灯光下。小狗崽畏畏葸葸，眼睛受到灯光的刺激眯起来，四肢蜷缩，身体微微地抖动。宝音把小狗崽推向萨仁，说，这是你的了。可是萨仁并没有表现出初次见到小狗崽时的兴奋，而是畏惧地向后闪了闪。宝音有些纳闷，再看那小狗崽儿，发现有些不对劲，比如毛的颜色，耳朵和嘴巴的形状，尾巴的长短，似乎都和他从巴特家偷的小狗崽不一样。正疑惑着，奶奶放下酒瓶，看清了小狗崽，大叫一声：好孙子，你把什么带回来了？宝音说，巴特家的小狗崽呀，阿尔斯楞生的。奶奶说，这是野牲口的崽子，孙子，咱们家大祸临头了！

宝音还在发怔，奶奶花白的头静止不动，仔细地听了听外面，然后把灯关了。屋里和外面一样黑暗了。黑暗中，奶奶的声音浮起：快去把院门关好。宝音隔着屋门，看见院子里，黑暗中有几双绿莹莹的眼睛，像小灯笼晃来晃去。宝音吓得赶紧撤回来，说，奶奶，来不及了，它们来了。奶奶不说话，只听见她大口喝酒的声音。那声音像是什么东西掉进了井里，咕咚，咕咚。

这时候，月亮升起来了，银盘似的月亮，明净如洗地悬在空中。黑暗中的万物都显现出来。水银似的清辉在小院里流淌，恍若白昼。院子里的一切都看得分明了。院子里一共有三只狼，两只体形大些，一只体形小些，一只坐着，一只卧着，一只来回走动。它们占领了院子。它们的唇齿间也许残留着食物已经腐烂的残渣，它们的毛发也许又长又肮脏，它们的尾巴上也许沾着粪便，院子里因此充斥浓重的腥臭味。

枣红马受到惊扰，打着响鼻，不停地弹动蹄子，石槽被缰绳拽得嘎吱嘎吱响。宝音在心里暗暗着急，期盼着枣红马赶快逃掉。终于，枣红马嘶鸣着挣断缰绳跑出了院子。宝音暂时忘记了恐惧，为枣红马高兴。再没什么可担心的了，羊前几日下了小羊羔，被宝音牵到了屋里。

院子里静下来，只有狼细密的脚步声和月光流动的声音。蓦地，一只狼抻长脖子对着月亮嗥叫起来，声音凄厉悠长。然后，其余的狼也叫起来，彼此唱和。皎洁的月夜被它们叫成了惨白而瘆人的夜晚。通常这样的夜晚都会有不好的事情发生。

奶奶喊道，宝音，快把狼崽子从窗缝扔出去。宝音还在迟疑。奶奶说，摔不坏的，狼是铜头铁脚。宝音抓起狼崽从窗缝扔了出去。他清楚地看到，一只狼用嘴接住在月光中飞行的狼崽子，把它轻轻地放到地上。另外两只狼也过来，嗅了嗅狼崽，亲昵地蹭蹭它。

奶奶拿拐杖敲着窗户，叫嚷道，走吧，都走吧，从哪儿来的回哪儿去。

但是，狼还不走，继续嗥叫。叫了一阵，它们的行动变本加厉起来。体形小的那只狼跳到窗台上，歪着头耷拉着舌头瞧着屋里。看得出来，它很瘦，好几天没吃东西的样子，骨头在皮下支棱着，瘪着肚子。体形大的两只狼不见了。不一会儿，房顶上传来撕扯油毡布的声音。房梁上的土簌簌地掉下来。屋里充满了陈年的土腥味。整个房子都颤抖起来。这样下去，用不了多久，房顶就会被它们扒出一个豁口，它们就从天而降了。

奶奶把酒瓶子咣当一扔，说，莫慌，莫慌，它们来了，也是先吃我这把老骨头，不过，它们最稀罕你们这些细皮嫩肉的娃娃。声音中带着明显的醉意。酒瓶子滚到墙角，空了，她在不知不觉中把一瓶酒都喝掉了。宝音有些怪奶奶，天都塌下来了，还有心情喝酒。不过，这也许是她这一辈子能够喝赤木伦河的河水那么多酒的原因。宝音又觉得奶奶有些可怜。月光下的奶奶那么瘦，那么小，一件宽大的袍子晃晃荡荡地罩在身上。酒在她体内泛滥，主宰了她，她强撑着拐杖，身体以拐杖为中心画着弧。终于，她撑不住了，把拐杖扔了，坐在地上，打起盹。宝音把奶奶扶起来。奶奶嘟囔着，宝音，我没喝多，把我那短刀拿来，我把这些野牲口的头割下来。也许她早忘了，短刀三十年前就被她换酒喝了。

宝音决定主动出击，虽然冒险，总比在屋里坐以待毙强。他拿起奶奶的拐杖。拐杖是山榆木的，是爸爸多年前从乌拉山上给奶奶砍的，一米多长，光滑润泽，坚硬如铁。这是打狼最应手的武器。老猎人都说，狼是铜头铁脚豆腐腰，打狼就打它的腰，那是它的要害，就像蛇的七寸。宝音掂着手里的拐杖，想象中它摧枯拉朽一般扫断狼的腰，狼拖着后半身，像拖着一袋垃圾，悲鸣着逃进乌拉山。

两只狼撕扯房顶的声音越来越清晰，随时可能把房顶掀开。跳上窗台的那只狼把脸贴在玻璃上。宝音甚至能看清它流着长长的涎水。

格——日——乐，格——日——乐，格——日——奶奶真是添乱，她又对着乌拉山呼唤起来。苍老的声音像一群鸟，从屋子里扑啦啦飞出去，在月光下扇动羽翼，飞进乌拉山。格——日——乐，格——日——乐，格——日——乐。奶奶一声接一声地呼唤。声音逐渐嘶哑，仍竭力发出。叫到后来，也许每个字都带着血丝。

乌拉山巍然肃穆，除了从山上刮下来的风，什么也没有。

房顶被撕开了，一股冷风灌进来，一只毛茸茸的狼腿伸进来，一只露着尖牙的狼嘴拱进来。宝音还看到了天空中一闪一闪的星星。那星星异常明亮，让人心生温暖，就像妈妈的眼睛。她注视着宝音，抚慰着宝音，宝音感到不再惊恐了，一种骨子里的绵延千年的蒙古族勇士的力量从他的身体里迸发出来。不能再迟疑了，再迟疑下去，狼就会跳进来伤害奶奶和萨仁了。宝音手持拐杖，打开屋门，走进院子，走进如水的月光里。

三只狼迅速围过来，像围猎一只黄羊那样围住宝音。它们低低地咆哮着，鬼火般的眼睛和闪着寒光的牙齿对准宝音，随时准备把这个小人儿撕碎，大快朵颐。宝音则慢慢转动身子，拖着拐杖，瞄准狼们微微弓起的腰。

这时，乌拉山上传来一声巨大的吼声，吼声震得窗棂嗡嗡直响，震得一群夜鸟仓皇起飞，震得月光泛起波浪。宝音循声望去，一个小山一样的黑影拨开树木，沐浴着月光，慢慢走来……

一切都静止了，仿佛陷入永恒。只有奶奶翕动嘴唇，轻轻吐出三个字：格——日——乐。

《民族文学》2019年第11期

被《小说选刊》2019年第11期转载

哈布特格与公牛角

我是一个走乡串户收古董的商人。我骑着一匹黑色的骡子，像个幽灵似的在辽西大地上游荡。密匝的村庄和广袤的原野上遍布着我的足迹。

我承认我的名声不太好。当我哈欠连天地走过来的时候，人们笑嘻嘻地说，那个憨货古董商人又来了。他们这么说我，是因为我很少做成生意，我的骡子背上的褡裢里经常空空如也。而我并不会为此感到羞愧和焦虑，相反还兴致勃勃地到处和一些农人拉呱儿，和一些女人调笑。

我从未和人透露我这样年复一年日复一日奔波在路上的缘由。我守着它，如同守着一个灼人的秘密。

在我这样游荡的第三年的秋天，我与一个背着刀锛斧锯的木匠同行。我俩在一棵大槐树下吸烟休息时，他给我讲了一个故事。两三天后，我又遇到一个叮叮当当摇拨浪鼓的货郎，为了向我推销一个鼻烟壶，主动搭讪我，又讲了一个故事。过了不久，我又遇到了一个巧舌如簧的算命的，他骑着一头老掉牙的毛驴。我俩并肩骑行了三个村子，为了缓解旅途的寂寞，他也讲了一个故事。

三个故事中木匠的粗糙，货郎的细致，算命的最为精彩，但我猜测这里有他自己的添加和演绎。我问他们故事的出处，他们一致说是从一个老头儿那儿听来的，老头儿住在东边一个叫山嘴的村子。我又问老头儿家里有什么显眼标志。木匠说，他家门口有一棵两个人抱不过来的大杨树。货郎说，他家门前有一方光溜溜的磨盘。算命的说，他家没有狗，有一只鹅，叫声像驴鸣。

我骑上骡子日夜兼程地向东边跑去，寻找那个叫山嘴的村子。骡子跑得像风一样快。我从来没有如此凶狠地敲打过骡子的屁股，催它跑出了以前达不到的速度。它阔大的鼻孔喷出灼人的热气。它的蹄子发烫，踢在石子上溅起火星。

在行进的途中，我遇到了一个老妇人。她出现在黄昏的河边，夜晚的林中，星空下的草地上。她影影绰绰，被一团暗影笼罩。我能感觉到她在看着我。她那悲戚的目光落在我身上，像夜露一样凉。她是我的母亲，三年前就去世了。她此时出现也许预示着什么。我大声向她询问，但她和夜晚一样沉默。她是如此的脆弱不堪，一声鸟叫，一阵秋风，一个骡子的喷嚏，都会让她消失得无影无踪。我默默祈祷：母亲哪，请您护佑我完成使命，也完成您的心愿吧。

三年前，我一生坚强的母亲走到了生命的终点。在她弥留之际，我问她还有什么未了的心事，母亲用尽最后的力气说，找到你父亲。

我父亲在二十五年前那个夏天的早晨跟随一个叫罗喜来的朋友去内蒙古贩牛。那年我八岁。他带着母亲烙的三十张葱油饼和所有的积蓄离开了家，从此，音信皆无。母亲在他失踪的年月里，从来没提过他，只是勤苦过活，把我拉扯大。大多数时候，我已经忘了我的父亲。我以为母亲也忘记了。

我握着母亲枯树枝一样的手说，您放心，我一定找到他。

安葬了母亲，告别了妻子和幼小的儿子，我牵着骡子离开家。我从妻子的眼里读到了她的忧点。她担心我像我父亲一样从此一去不返。我向她再三保证找到父亲后，立即回到她身边。

我四处打探我父亲杨文生和罗喜来的消息。我扮作一个收古董的商人。虽然我对古董行当懂得并不比我胯下的骡子多多少，但这个身份可以让人们放下戒心，允许我进门入户，与我倾心交谈。更主要的原因是我借此隐瞒了一个儿子在寻找他父亲的事实。我不知道在我父亲身上发生了什么，如果他是故意失踪，就不会想见到一个到处嚷嚷寻找父亲的人。

几天之后，在一个牛毛细雨的黄昏，我到达了山嘴村。在几个孩童的指引下，我来到了老头儿家门前。确实如木匠、货郎和算命的所说，他家门前有一棵参天的杨树，一方光溜溜的磨盘，一只叫声像驴鸣的鹅。杨树和磨盘伫立在纷纷扬扬的雨中。颜色灰黑的鹅抻长颈子飞奔出来啄住我的裤脚。我把热汗淋漓、满身腥膻的骡子拴在杨树上。然后，我裤脚带着鹅，像拖着跟脚的孩子，走进院子。

院子破败了，一溜花墙东倒西歪，几个干枯的南瓜从墙上垂下来。空地上长满半人深的蒿草，蒿草中间，一条人脚踩出来的小径通向屋门。三间低矮的房子，一间已塌陷。昏黄的灯光从东边那间狭窄的窗户泻出来。

我甩掉鹅子，它立刻像驴鸣似的叫起来。我沿着小径朝屋门走去。走进屋，我立刻闻到了潮湿发霉的气味，像走进了夏季的河滩。屋内陈设简单，胡乱摆放着一些生活用品。唯一惹眼的是长满绿毛的墙壁上挂着一副灰白色的牛角。牛角半米多长，成人臂膀一般粗，螺纹像刀刻出来的。

电灯泡上沾满黑色的苍蝇屎。灯光昏暗。老头儿就坐在灯下，坐在土炕上。他头发花白，脸黑瘦，目光浑浊，眼袋像阴囊。他披着一件分不出颜色的衣服，敞开怀，裸着干瘪的胸膛，两粒乳头如同两颗发黑发干的山枣。

我仔细分辨他的面容，他是罗喜来。当年，他经常来我家。即使隔了漫长的光阴，他已衰老不堪，我依然能认出他。

我按捺住内心汹涌的波涛，什么也没说。

罗喜来示意我坐在炕上。我把屁股探在炕沿上。雨水立刻从我的衣服上流下来，形成一摊湿迹。

罗喜来说，年轻人，你是从远方来的吧？

他没有认出我来。我说，是的。

你是来避雨的吗？

是的，雨停之后，我就离开。

屋里冷，炕上凉，年轻人，你先生上火，让这屋子暖一暖。

我发现地上盘着一个土炉子，炉子口插进炕腔里。我四处寻找可以烧的东西。

罗喜来说，外间屋有干草和木块，炉子旁边的墙窝里有火柴。

不一会儿，我生起了火。火苗舔舐木块，发出哔哔的声音。热气一点点地氤氲开来。

罗喜来又说，年轻人，你肯定饿了吧？那儿有瓦罐，案板上有一些碎的兔肉，墙角的袋子里有萝卜，你切上一些，炖一炖，要是你喜欢辣，墙上挂着一串干辣椒。

我确实饿了，几天来，赶路心切，没有好好吃过一顿饭。我按照罗喜来的吩咐把兔肉萝卜汤炖上了。干柴烈火，瓦罐里立即传出吱吱啦啦的声音。

罗喜来剧烈地咳嗽起来，胸脯像风匣一样起伏。我给他倒了一杯水。他喝了一口，手抚胸口，慢慢平息下来。

罗喜来说，年轻人，趁兔肉没熟的当儿，我要给你讲个故事。

我闻言一喜。这正是我所期盼的。

外面的天色完全暗下来。雨大了些，能听到雨滴落进草丛的唰唰声。水汽透过裂开的窗框弥漫进来。

罗喜来开始讲述。他的声音像薄雾在山谷里流淌。

很多年以前的夏天，我和我的朋友去内蒙古贩牛。我的朋友叫杨文生，比我小一两岁。他已经娶妻抱子了，我还是一个光棍汉。我喜欢一个人生活，但我不缺女人，许多地方都有我的相好。我有一个原则，从来不会和与我做生意的人的老婆或者女儿产生瓜葛，这也是做我们这一行当的原则。我们那趟去内蒙古贩牛，应该是第四次，前几次每回都赚了一大笔。我们的做法是在内蒙古把牛买下，然后一路赶着牛走。正是夏天，青草茂盛，牛能吃饱，走到哪里价钱好，就把牛卖了。我们夜间赶路，白天休息。这样既省运费，又省草料钱。我们坐了两天两夜的绿皮火车到了内蒙古，然后又搭马车到了草原上。那应该是扎鲁特旗的最北边，离蒙古国很近了。到草原上，正是晚饭时候，蒙古包上升起了炊烟。我和杨文生都饿坏了，几天没好好吃过饭，都是拿杨文生从家里带的葱油饼对付的。我在这儿有一个朋友，叫老巴图，六十多了，非常仗义，每次都是他帮衬着买牛。我们找到老巴图的蒙古包。老巴图热情接待了我们，陪我们说话。他老婆给我们做奶糕，煮羊肉。

你尝一尝汤的味道，盐够不够，兔肉太淡了，有土腥味。罗喜来停下讲述对我说。

我愣了一下才反应过来。瓦罐里的兔肉萝卜汤已经咕嘟咕嘟响了，空气中有了肉的香味儿。我掀开瓦罐，尝一口汤，是有些淡，就往里放了一把盐。

罗喜来看我把这些做妥当，放下心来，接着讲。

我们在老巴图家酒足饭饱，歇息了一晚。第二天早上，老巴图带领我们去买牛。草原上地广人稀，从一个蒙古包到另一个蒙古包要走上半天时间。那天，我们去了两个蒙古包，都没做成生意，一个刚把牛卖给山东来的老客，一个圈里的牛成色不好。傍晚，我们到了一户人家。这家养了四只牧羊犬，个个像牛犊子一样强壮。牧羊犬把我们围住，嗷嗷叫着。主人出来了，醉醺醺的，晃了几晃才站稳。他对着牧羊犬狠狠呵斥了几声。牧羊犬就缩紧屁股夹着尾巴跑了。老巴图叫他吉日嘎。吉日嘎四十多岁，身体壮实，赤红脸，络腮胡子。他的左眼眉到颧骨上有一道伤疤，凸起扭结，像一个肉虫子。这使他看起来阴郁凶狠。我有一种预感，和他做生意不会太顺当。后来的事实证明，我的预感是对的。老巴图说明我们的来意。吉日嘎说，等一等，一会儿牛就回来了，你们可以挑选，只要有钱，要多少有多少。说完，他打着酒嗝，嘿嘿笑起来。天刚擦黑，一个围着头巾的女人骑着马赶着一群牛回来了。我一看见那些牛，眼前就亮了，真是好牛，毛色光亮，膘情正好。女人把牛轰进木头围起来的栅栏里。天已经黑透了。吉日嘎说，进包里吧，明早起来再选牛。我们一同进了蒙古包，吉日嘎打着发电机，灯泡就亮了。我们这才打量女主人。她已经摘下头巾，一头长发披在脑后，面皮白净，眼睛明亮，眼角带风，身材匀称结实，年龄三十左右，比吉日嘎要小。她是任何男人见了都会心动的女人。我也心动了，在心里把她和我那些相好比较了一下，只一下心就凉了。我警告自己，千万不要有什么非分之想。吉日嘎叫她敖登。我经常到草原上来，能听懂一些蒙古语，知道敖登是星星的意思。她真的像星星一样明亮。吉日嘎说，敖登，你快去把牛骨头烀一锅，招待远方来的客人。敖登转身去厨房，把俏丽的背影留给我们。在擦身而过的瞬间，我闻到了她身上散发着好闻的青草味和鲜花的香味。吃完晚饭，老巴图就走了。那一夜我没有睡好，像烙饼一样翻来覆去，鼻子里闻到几米外的敖登身上的香味，心猿意马，做了乱七八糟的梦。外面雷一闪火一闪，下起了暴雨，第二天早上也没停。吃完早饭，吉日嘎说，我去宝力德家的赌桌上碰碰运气，你们俩在这里住下吧，等天晴以后再走。我和杨文生点点头。吉日嘎穿上雨衣，顶着大雨走了。

那只鹅扑棱棱闯进来。我站起来,要把它赶出去。罗喜来说,一场秋雨一场寒,屋里暖和,让它待着吧。鹅就趴在炉子边上,湿漉漉的羽毛上升起热气。

罗喜来接着讲。

我这辈子再没看过那么大的雨,肯定是天河开了。我们在屋里很舒服。敖登好酒好肉地招待我们。我喝得很多,醉得一塌糊涂,从早晨睡到中午,中午喝完再睡,一直睡到天亮。我为什么往死里喝酒,我怕我犯错误,坏了我们这一行的原则。我这样醉生梦死地过了两天,第三天放晴了,中午,吉日嘎满身酒气地回来了。他回来后做了一件令人意想不到的事情,那么粗糙的人没想到竟有那么细密的心思。他在我和杨文生身上闻了闻,然后一拳就把敖登打倒了。他质问敖登是不是和杨文生睡觉了,敖登不承认。他说,那小子身上有你的味道。他把敖登捆在柱子上,拎起牛皮鞭子就要打。我吓傻了。杨文生拉住他的鞭梢,承认和敖登睡过,要杀要打随便。我没想到我管住了自己,却没管住杨文生,他可是有家有口的人哪。话说回来,这世上哪个男人能抗拒得了敖登的魅力呢。吉日嘎想了想说,我不打你也不杀你,咱俩摔跤,你要是赢了,你把她领走,你要是输了,就把买牛的钱全部留下,你俩赶紧滚蛋,以后永远也别到草原上来。杨文生看了我一眼。我冷静下来,把他叫出蒙古包。到了外面,我问他,你真和她睡了?他说，真睡了。我打了他一拳，没生气，反而有点羡慕他。他拿出一件物什，说，这是她给我的，她对我是真心实意的。握在他手里的是一个荷包，蒙古语叫哈布特格。这个哈布特格又精致又漂亮，白色的绸布上用蓝色的丝线绣满祥云，包口用一根缀着流苏的黄带子扎紧。我知道哈布特格是蒙古族女人送给意中人的定情物。我提醒杨文生，你还有老婆孩儿呢。他说，管不了那么多了，这是我的命吧。我看他眼睛睁大，鼻孔喷火，脸颊发烫，是中了爱情的毒了。我说，你摔得过他吗？他说，试试吧，我想把敖登带走。我说，好吧，输了，咱就把钱扔下，光屁股走人。我进了蒙古包，对吉日嘎说，就按你说的办，我兄弟准备好了。吉日嘎出来了，找到一块平坦的地方，和杨文生相对站立。我不愿意讲述这一段，因为那哪里是摔跤哇，根本就是吉日嘎像摔袋子似的摔杨文生。杨文生根本没有还手之力。几个回合，我就制止住吉日嘎，我怕再摔下去，就把杨文生摔死了。我认输了，把所有的钱都留给了吉日嘎，搀扶着被摔得七零八落的杨文生离开了蒙古包。天黑之前，我们还没有走出草原，不远处传来野狼的叫声，它们的身影在那里嗖嗖窜。我心想我们死定了。吉日嘎是聪明的，他不亲自杀死我们，用这种方式报了仇。我正想着，远处传来马蹄声，一个人骑着马，还牵着一匹马。到了近前一看，是敖登，她追上来了。她说，我跟你们一起走。她看了看杨文生的伤，心疼得不得了。我望着他们又感动又嫉妒，真是前世的冤家。我问敖登，为什么喜欢我兄弟呢？敖登说，七天前的早上，我在洗脸盆清凉凉的水里看见了杨文生的脸，我九岁时，我奶奶说，如果有一天你在洗脸盆里看见一个男人的脸，那你就跟着那个男人走吧。还没等走呢，就听见远处大呼小叫。敖登说，不好，他们追来了。我说，你和杨文生一人一匹马快跑，我拦住他们。杨文生说，咱们一起走。我说，一起走的话，一个也跑不了。我把杨文生扶上马，拍了一下马屁股，马就飞奔出去。敖登也翻身上马紧随其后跑了。我拿出绳子，我的绳子是围牛用的，很长。我把绳子拴在相距二三十米的两棵山榆树上，形成了绊马索。吉日嘎他们到了跟前，三四匹马都被绊住了，虽然没倒，但停了下来。吉日嘎见敖登和杨文生没了踪影，把愤怒发泄到我身上，对着我拳打脚踢。怒火让他的脸变了形，伤疤活了，在脸上乱窜。我抱着脑袋蜷缩成一团。我被揍晕了，什么也不知道了。我想，我也许要死在草原上了，但是为了我的兄弟，我死也值了。等我醒过来，发现在老巴图的家里，他把我救了，是杨文生和敖登告诉他的。他说他们往蒙古国边境去了。我在老巴图家待了几天，身体恢复好了，就离开了草原。后来，我独自贩了几年牛，再没遇到这样惊险刺激的事情。我也没去找杨文生，不想打扰他的幸福生活。他和敖登也许已经生了七八个娃了吧。

罗喜来讲完了。我品味着这个故事。木匠、货郎和算命的说的也是这个故事。到现在为止，这个故事我已经听了四遍。无疑罗喜来讲述的是最正宗的版本。

瓦罐里的兔肉萝卜汤响得更欢了，瓦罐的盖儿也噗噗跳。香味更浓，勾人的馋虫。我听到我和罗喜来的肚子像他的鹅一样叫起来。

我想，应该告诉他我是谁了。于是，我盯着罗喜来说，杨文生就是我的父亲，我是他的儿子，听你所言，他背叛了我的母亲，和别的女人逍遥快活去了，他现在在哪儿，我要找到他，我母亲死前留下话，让我无论如何找到他。

罗喜来听完我的话，呆住了，像鸭子听到炸雷，向前抻着脖子，大张着嘴，望着我，口水都流下来。半天，他才缓过来，脸上的皱纹像河水流淌一样湍急起来，眼珠子骨碌碌直转。他说，啊，不，啊，不，老天爷，看我干了什么？贤侄，怪不得从你进门那一刻我就看你面熟，原来你是杨文生的儿子，啧啧，一转眼都这么大了，想当年，你像豆芽菜一样细。怎么说呢，这样吧，我实在是饿了，没有力气了，咱们先吃兔肉萝卜汤吧。

外面雨小了些，隔一会儿才能听到雨滴从屋檐上落到地上的声音。我掀开瓦罐的盖子，滚沸声和香气飘了满屋。

我给罗喜来和自己各盛了一大碗兔肉萝卜汤。我俩再不看对方，嘴埋在碗里吃了起来。兔肉和萝卜真是绝配，滋味醇厚，再没有比它更适合安慰一个疲惫的旅人的胃的东西了。

吃完以后，我说，你看在曾经吃过我母亲的葱油饼的分儿上，请你告诉我，我父亲现在在哪里？

罗喜来收起饱食之后满足的表情。他耷拉着眉头，闭着眼，抿着嘴，极力忍受着巨大的悲痛。到底没忍住，眼泪掉下来。泪珠大，掉在炕上发出吧嗒吧嗒的响声。他说，贤侄呀，我跟你说实话吧，刚才我讲的都是我编的，在我心里我多希望我的兄弟能够以那样的方式继续活在这个世界上啊。我跟我见过的每个人都把这个故事讲一遍，讲得次数多了，我把我自己都骗了，我以为那就是真的。其实事情不是那样的，我今天原原本本地讲给你，是我害死了你父亲，他已经不在了，很多年前就死了，就埋在门外那棵大杨树下。

我吃了一惊，不知道他葫芦里卖的什么药。

他清了清嗓子，开始讲另外一个故事。

很多年以前的那个夏天，我和杨文生去贩牛。杨文生怀里揣着三十张葱油饼。你娘是个好女人，烙了一手好葱油饼。我们其实不是去内蒙古贩牛，我们是去阜新贩牛。我从来就没去过内蒙古。内蒙古的牛名声好，我们把从阜新贩来的牛说成是内蒙古的，为的是抬高牛价好出手。我们也不是坐绿皮火车去的,我们是搭拉煤的货车去的。搭货车的最佳地点是一个叫松梁沟的地方。晚上八点有一趟承德至沈阳的货车拉满煤从那儿经过。松梁沟是个大上坡,货车到了那儿就减速了,像老牛车一样慢慢向上爬。我们晚八点前到了那儿。八点一到,货车亮着灯,哞哞叫着,轰隆隆驶过来。到了这儿放出一股白汽,速度慢下来。杨文生比我年轻,身手也比我利索,他先登上去,然后伸手拉我上去。那年头搭货车的人多,有时能遇到好多人。大家就抽烟说话,累了就躺在煤块顶上睡一觉。天亮的时候,到阜新了,我和杨文生就去养牛的大户人家买牛。我们经常去的一家住在叫泡子的地方,男主人叫胡老大。他家里养了四五百头牛,人也憨厚,不斤斤计较,我们在他那儿做成了好几笔买卖。等到了那儿,发现他家的门口挂着一个纸剪的丧幡,就明白他家死人了。进去才知道,是胡老大死了,刚刚过了头七。胡老大的老婆哭哭啼啼,眼睛肿得跟烂桃似的。我们以为这生意肯定是泡汤了,没想到他老婆说,老大一死,家里没顶梁柱了,这牛就仨瓜俩枣地处理了,你们随便挑吧。我们乐颠馅了,抢似的在牛栏里挑了几十头膘肥体壮的好牛。讲好了价钱,把钱交到胡老大老婆的手上。刚要走,就听一间屋子里传出来叮叮当当的响声。见我们纳闷儿,胡老大的老婆说,那里圈着一头疯了的公牛,你们要是能给上正常价的一半就卖给你们了。我和杨文生凑到窗口往里看,好大一头牛,占了半间屋子,牛角粗壮,角尖跟刀子尖似的,杀气腾腾,牛眼珠子血红血红的,看见我们,头一低就撞了过来。我们吓得赶紧往后退,要不是窗口小,它身体大,非蹿出来不可。杨文生说,这样的牛不能要,白给都不要。我主张要,我想的是把它卖给离这儿一百里的屠户李大嘴,看它的架子,最少出一千斤肉,肯定能赚一大笔钱。我和杨文生僵持不下,最终他还是听了我的。不过有一个难题,怎么把它拴上。我说,我有办法。我问胡老大的老婆,它几天没吃草料了?胡老大的老婆说,三天了。我说,那正好,给它端草料,里面拌上盐面儿,多多地放。饥饿的公牛吃了很多拌盐的草料,肚子胀得溜圆。我又对胡老大老婆说,给它水桶,半桶水,半桶酒。公牛被盐咸得冒火,连喝了几大桶掺了酒的水。一个小时以后,酒劲上来了,它站立不稳,开始它还强撑着,后来终于支持不住,倒在地上,闭上眼睛。我叫胡老大老婆找来一根小拇指粗的钢丝绳。我拎着钢丝绳进了屋子,捏住公牛的鼻孔,用最快的速度把钢丝绳横着从鼻孔穿过去,给它做成了鼻环。公牛醉得厉害,穿鼻孔时只是动了动,没大的反应。这是我跟老牛贩子学的,牛鼻子里的肉最嫩,它不老实就拉扯鼻环对付它,最烈性的牛也受不了那个疼。果然,公牛醒酒之后,站了起来,昂着头,还要发威,我猛地一拉钢丝绳，它的头马上低下来，顺着钢丝绳的方向。它的眼珠子看了我一眼，满是愤恨。我心想，不用瞪，把你喂了刀子就好了。我们离开胡老大家，我牵着公牛，杨文生赶着其他牛。

炉子里再添些柴吧，让火旺起来，有点冷了，罗喜来边说边把衣服裹紧。

我打开炉盖，炉子里的火光暗淡了。我又往炉子里添了木块。鹅不知什么时候出去了，偶尔在院子里叫一两声。

罗喜来接着说。

那时天正热，我们白天休息，夜里赶路。走在路上，我才知道，买下这头公牛，是我这辈子做的最错误的决定。虽然有鼻环控制它，它发不了威，但它那眼睛瞪着我，让我浑身不自在，就像是我前世的仇人，今生变成了牛来向我索命。我一刻也不敢松开钢丝绳。别的牛吃草时，我也把它拴在树上，拴的时候，我把钢丝绳系在高处，把它的头吊起来，让它吃不到草。这也是从老牛贩子那儿学的，几天几夜地饿着它，饿得它没有力气撒野。我从它的眼睛里看到它更恨我了，好像要用牛角在我身上捅一个透明的窟窿。我动不动就扯一下钢丝绳，一扯它一哆嗦。由于经常扯，它的鼻梁处已经磨破了，滴着血，苍蝇嗡嗡地跟着它。那时我年轻，心硬，一点怜悯心也没有。现在想起来，真是后悔呀。夜里赶牛走得慢，边走边吃，从胡老大家出来，第四天的傍晚，我们才到大凌河边的树林子里。过了大凌河就是李大嘴的肉铺。恰在这时，下起了大雨，那雨下得老大了，下冒烟了，对面不见人。雨整整下了一夜，我们只能在树林子里搭帐篷住了一晚。第二天早上，大凌河水猛涨，本来不到一人深，现在一房深了。我们不怕水，世界上所有的牛贩子都不怕水，因为牛会浮水。这水一时半会儿不会消，我和杨文生决定马上过河。我俩一人牵着一头牛下到水里，我们拉着牛尾巴，牛四蹄踩水，过了河。回来时，我们俩牵着一头牛的尾巴回来。这样，过去两头牛，回来一头牛，一趟只能运一头牛。忙了一个上午，我们把除了公牛之外的所有的牛都运了过去。等拉公牛下水时，它怎么也不走，梗着脖子，屁股向后坐，好像它知道过了河就要把它喂了刀子。它也许闻到了从李大嘴家散发出的血腥味。我在前面拉，杨文生用木棍在后面赶，它就是不走。我气坏了，猛扯钢丝绳，把它的鼻子都要拽豁了。它看着我，那目光里除了仇恨，还有蔑视。我忍受不了它的目光了。我把它拴在树上，拿起皮鞭子，抡圆了，向它身上抽去。

罗喜来说到这儿又猛烈地咳起来，像要把肺咳出来。他脸憋得通红，身子打摆子似的抖动。我有点紧张，怕他马上死掉。我递给他一杯水，他扬起脖子喝，布满褶皱的喉结滚动如同蛇在吞咽老鼠。

歇了一会儿，他接着讲。

那时，我一定是疯了。杨文生拦着我，我把他推到一边。一顿狂风暴雨的鞭子，我把公牛抽得皮开肉绽。鞭子向下滴着血。它的阴茎耷拉下来，一缩一缩地流着尿水。它的眼睛水汪汪的，有泪水在里边打转。我把鞭子扔了，气喘吁吁地走到大凌河边，对着大凌河撒尿。我的尿水形成长长的弧线落到河里。我的眼泪止不住地流下来。这时我突然有种奇怪的感觉，公牛像是我的兄弟，是我前世的兄弟。我决定不再把它卖给李大嘴下肉锅了，我要养着它。我正想着，还没尿净，就听到身后牛蹄子蹬地的声音，还没来得及回头，杨文生斜刺里冲过来，推了我一把，我被推了一个跟头。等我爬起来，看到我可怜的兄弟杨文生挂在公牛的右角上，血把牛角染红了。我明白了，公牛把自己的鼻子挣豁了，想要袭击我，是杨文生救了我。公牛左甩右甩，把杨文生甩掉了，朝着树林深处跑去。我抱起杨文生，他的身体像面条一样软，冒着热气，血咕嘟咕嘟从后背和前胸冒出来。我背起他就往医院跑。离我最近的医院也有二十里，走到半路，我就感觉杨文生越来越轻，血都流干了。他的脸贴在我脖子上，越来越凉。一群"黑老鸹"在我们头顶上飞着，我冲它们大叫，它们也不离开，就那么跟着我。我的兄弟杨文生一开始还叫我，哥，哥，哥。后来就没声了。终于跑到了医院，大夫说，人早不行了，背回去吧。我找人捎信儿让李大嘴照看我的牛，我得安葬杨文生。起先我想把杨文生送回他的家乡，走到半路我想，到了他家怎么说呢，怎么面对他的老婆孩子呢，走时活蹦乱跳的一个人，现在回去的是一具死尸。我就改变了主意，把他背回我家，埋在大杨树下。都是我的错，要是我不买公牛，要是我不狠狠地打它，杨文生就不会死。埋完以后，我跪在坟前痛痛快快地哭了一场。我去李大嘴家把牛卖了，雇了十几个人拎着刀去树林子找那头公牛。李大嘴告诉我，胡老大就是被它顶死的。第三天头上找到了公牛，它已经死了，不知什么原因，也许是伤口感染，也许是撞到了树上。我把它的牛角割了下来，牛角上沾着我兄弟的血呀。

罗喜来停下来，看着墙上的牛角。牛角挂在墙上，角尖朝外，如同墙壁是它的肉身。半晌，他长叹一口气，接着说，贤侄，这就是事情的真相，是我害死了你父亲，你可以杀了我，因为自古以来替父报仇就是天经地义的事儿，我一点也不会怨你。你也可以不用理我，因为我活不长了，我得了癌症，我的肺烂掉了，我让算命的给我算卦，他说我活不过这个月了，我让木匠给我打了棺材，又从货郎那儿买了一些下葬用的东西。我快死了。这也是我把事情的真相告诉你的原因。说完，他的眼泪又掉下来。

我思索着他讲的故事。我更愿意相信他的第二个故事。我希望我的父亲失踪的原因是因为救他的朋友，被公牛角刺穿了身体，而不是因为一个女人。

我清清亮亮地说，我现在知道了我的父亲在哪儿，就完成了我母亲的遗愿，并且我也为我的父亲骄傲，他能够为了朋友放弃自己的生命。我不会杀你的，我想我父亲泉下有知，也不希望我这么做。相反我还要感谢你，感谢你在我父亲生命的最后一刻陪伴他，减轻了他面对死亡时的痛苦和恐惧。

罗喜来抹了一下眼泪，说，你和你的父亲一样仁义，我还有一个请求，你把你父亲的尸骨带回家吧，这几年他可能想家了，我经常在夜里听到他在坟里发出声音，他的骨头在地底下嘎吱嘎吱响呢。

我说，那就依你的吩咐，我把他的尸骨带回去，让他和我的母亲团圆，和我母亲同穴而眠，相信我的母亲也会高兴的。

罗喜来说，你去吧，门后有铁锹，把你的父亲从地里挖出来，带走吧。我在这世上的日子不多了，我要给每一个路过的人重新讲我和杨文生的故事。让他们知道杨文生是多么好的一个人。说了这么多话，我累了，要歇一歇了。他不再看我，身体向后一仰，眯起眼睛。

我来到屋外，站在院子里。雨停天晴，空气清新，银盘似的月亮悬在空中，照得大地上亮如白昼。

这时，一首苍凉悠长的歌谣从罗喜来的屋子里飞出来，像一只黑翅膀的大鸟在院子里盘旋：

当朝一品卿，两眼大花翎，三星高照，四季四五更，六合六同春，七巧八马九眼盗花翎，十全福禄寿……

　　我听过这个，叫《十字酒令》，当年他来我家与我父亲喝酒，喝到兴起，经常唱。那时，他们都还年轻。

　　我拿着铁锹来到杨树下，看到那儿果然有一座坟，坟上长满草。我的骡子正吃那儿的草。我把骡子牵远一点，拴在另一棵树上。我开始轻轻地挖坟。棺木埋得很浅，几锹下去就碰到了棺材盖。棺材盖的木头都朽烂了，我把木头捡出来，就看到了我的父亲以骨骼的形式躺在那里。骨骼在月光下微微泛着光。我想起许多年前那个年轻健壮有点羞涩的男人，想起他给我买糖果，把我举起来，让我骑坐在他的脖子上，想起很多年前的那个夏天，他不是不回家，而是回不去了。我被巨大的悲痛击中了，眼泪唰唰淌下来。我听到了自己无声的哭泣。我现在才明白，原来我从来没有忘记他，一直深深地爱着他，在心底最柔软的地方装着他。

　　我的心情稍稍平复，开始收敛我父亲的骨骼。我把他一点点地捡起来，装进骡子背上的褡裢里。捡完以后，棺木里的一个物件吸引了我。为了看得更仔细，我点亮打火机。在摇曳的火光中，我看清了它。白色的绸布上绣满蓝色的祥云，包口用缀着流苏的黄带子束紧，是哈布特格。它的颜色黯淡了，但还很结实漂亮。我糊涂起来，它为什么出现在这里？我回头看了看罗喜来的屋子，灯灭了，在黑暗中，就像一艘腐朽的破船沉没在大海深处。

我捡起哈布特格，手指感受到了它的顺滑和柔软。我把哈布特格系在腰带上，心想，就当作我结束古董商人生涯的一个慰藉吧。

这时，我父亲的骨骼在褡裢里躁动不安了。它发出细碎的咯吱咯吱声，它在褡裢里上蹿下跳，它敲打着骡子的肚皮。骡子挣着缰绳，打着响鼻，弹动蹄子。

我向周围看了看。我想我也许会看到我的母亲，她或许会站在什么地方看着我，结果她没有出现。

我翻身上了骡子。褡裢里不再响了，我父亲的骨骼安静下来。我回家的心情如此迫切。我思念妻子温热的身体和儿子稚嫩的脸庞。

我抖了一下骡子的缰绳，带着我的父亲在月光下奔跑起来。

《鸭绿江》2020年第9期
《中华文学选刊》2019年第11期转载
2021年11月获得"首届梁晓声青年文学奖"
2021年12月获评"《鸭绿江》文学奖年度最佳小说"

扎鲁特兄弟

3月5日清晨,巴特骑着云青马,离开了生活几十年的科尔沁草原。和往年不同,这次离开,他就不打算再回来了。从去年冬天和儿子满都拉一起把妻子胡日乌斯安葬在一棵云杉树下后,他就打定主意,与现在所有的一切诀别,到松漠去。

葬礼结束后,他把牧场、牛羊、蒙古包以及所有的家当,全部交给满都拉。他唯一想要带走的就是那匹还是小马驹时就跟随他的云青马。满都拉连日来因为悲伤而红肿的眼睛里盛满了不解,连连追问,巴特始终一言不发。满都拉绞着手,苦恼于本该颐养天年的父亲,偏偏要去异乡流浪。他失望地看着巴特,摇摇头,推门而去。科尔沁冬天粗粝如沙的风从门缝钻进来,打在巴特大理石般瘦硬的脸上,打在杂草一样乱蓬蓬的胡子上。巴特纹丝不动,一生中的任何时刻,都没有此时坚定。

现在,他终于等来了出发的日子,轻装简从,只有胯下的云青马和一个细细的行李卷。行李卷里裹着他多年以前参加那场伟大的战争时母亲赶制的羊毛褥子。厚实温暖、带着些许腥气的羊毛褥子帮他抵御了湿冷和科尔沁冬夜的酷寒。他不舍得丢弃它，就是将来去见长生天时，也要带着它。

行李卷搭在马屁股上。云青马也和巴特一样老了，曾经装得下整个牧场和无数漂亮母马的明亮眸子，变得毫无光泽，散发着草地燃烧过后残留的灰烬的味道。

真正要离开的时候，巴特感慨万千。云青马懂他的心思，走得很慢。马蹄子踏在枯草上，发出唰啦唰啦的响声。巴特坐在马背上，最后一次打量广袤的科尔沁草原。三月的科尔沁是荒凉的，还没有春天的迹象，万物蛰伏，只待东风吹绽。辽阔的大地失去了草的遮掩，仿佛能看得清它的每一条褶皱，像是老人松垂的皮肤。在夏季里茂盛的寸草苔、地榆经过牛羊的啃食和北风的摧残，只剩干枯的离地面不到一寸的根。山榆树、小黄柳也光秃秃的，枝条干硬，有的枝条上还挂着前阵子下的雪。一只土拨鼠在不远处探头探脑，也许正忍受着饥肠辘辘的煎熬。

离开不久，还能影影绰绰地看到蒙古包，以及蒙古包旁边的围栏。数不清的牛羊在围栏里攒动，挤挤挨挨，发出闹哄哄的叫声。那里曾经是吉日嘎拉的地盘。吉日嘎拉和巴特的父亲是挚友，有过命的交情。据父亲讲，有一年冬天，最冷的三九天，父亲赶着一群新贩的牛走到科尔沁草原时遇到了暴风雪。他和牛走不动了，原地盘旋。暴风雪下了一天一夜,牛都冻死了。要不是吉日嘎拉及时发现父亲,父亲也得和牛的下场一样,像个冰雕一样冻死在荒原上。

吉日嘎拉一生钟爱烟草、酒精、马头琴和女人。他天生是个乐手,悲伤时马头琴拉得如泣如诉,高兴时马头琴拉得荡气回肠。几十年过去了,科尔沁草原的老人们说起吉日嘎拉,说起他醉酒后在月光下演奏马头琴,还啧啧称赞。吉日嘎拉对庸常的生活没有兴趣,对牛羊以及一切活计充满厌烦。他的妻子去世多年,草原上到处流传着他的风流韵事。直到他五十三岁那年,为这几样挚爱,献出了生命。

巴特初见吉日嘎拉时,吉日嘎拉刚过了五十岁的生日。他迫不及待地把所有的一切都交给了巴特,然后过上了向往已久的流浪乐手的生活。彼时,牧场的经营每况愈下,还时常遭受野狼的侵袭。围栏里只剩两头老弱的母牛和几只瘦骨嶙峋的羊。他把生活弄得像屋顶有窟窿的蒙古包,不能遮挡一点风雨。

经过巴特几十年的努力,现在,那里已经成了人人羡慕的丰饶之地。

巴特想起他第一次到科尔沁草原的情景。那时是夏天,草木葳蕤,整个科尔沁都是墨绿色的。他刚从战场上归来,经过炮火的洗礼,九死一生。他的耳畔还时常回响着轰隆隆的炮声。他的身上还有着新鲜的弹痕。人们从他草绿色的军装上还能闻到硝烟的味道。他的到来让整个科尔沁草原沸腾了起来。那段时间，鲜花和掌声围绕着他。他被草原的牧人们请去做报告，被学校请去讲战争故事，被坐落在草原深处的发电厂请去讲爱国精神。当他讲完，人们激情澎湃，久久不愿离去。他抽身出来，退到一边，静静地抽烟，望着某个虚空的地方。没有人知道，关于那场战争，他有更悲痛的记忆。

脚不沾地地忙了一阵，巴特回归到日常生活。他是来和吉日嘎拉的女儿胡日乌斯结婚的。胡日乌斯的腰身越来越粗了，新婚之夜，她已经有了五个月的身孕。

想到新婚之夜，很多年以后，巴特还有些面红耳赤。那是怎样的夜晚哪！他和胡日乌斯的婚礼是科尔沁草原的盛事，连旗里的干部都惊动了。当白天的热闹散去，最后一个迟迟不肯离开、想多要几颗糖果的小男孩儿也被母亲训斥着领走之后，草原微凉的夜晚降临了。那时草原还没有通电，在散发着红晕的烛光里，巴特看着躺在床上一脸幸福的胡日乌斯，看着她微微凸起、发着白光的肚子，感到了恐惧。吹灭了蜡烛，巴特围绕着胡日乌斯一通忙活，不得要领汗流浃背的时候，胡日乌斯睁开微闭的眼睛，发出深埋心底的疑问，你是巴特吗？你是谁？巴特的身子瞬间凉了下来。从此，这疑问伴随他终生，时常像闪电一样在他头顶划过，照亮他内心隐秘的角落。

草原上的说法,失败的新婚之夜,预示着一生不会幸福。

他们的婚姻艰难地维持了四十多年后,终因一个人的离世而土崩瓦解。转过一个山丘,他看到了安葬着胡日乌斯的那棵云杉树。云杉树离蒙古包很近,是满都拉两岁的那个春天,胡日乌斯从树林里挖来的。当时,它还是一棵小拇指粗的树苗。几十年过去了,云杉树长得枝繁叶茂。胡日乌斯最初的愿望是希望小树长大后,能成为吉日嘎拉在茫茫黑夜的向导。那时的吉日嘎拉经常醉得找不到家,通常在半夜或者清晨,人们发现他在荒野上酣睡。可是,还没等云杉树长大,吉日嘎拉就意外身亡了。

那棵云杉树,夏有鸟鸣,冬有瑞雪,可以告慰永远栖居在树下的胡日乌斯孤独的灵魂了。

是的,孤独,如果用一个词来概括巴特和胡日乌斯四十多年的婚姻生活,那就是孤独。他们似乎从来都没有走近彼此。他们的性格太不一样了。巴特喜欢静,像草原上的无名草一样,不奢求更多的阳光雨露,只是在一隅默默生长。胡日乌斯喜欢闹,像草原上开得热烈的马兰花。胡日乌斯身材壮硕,生完满都拉后,身子更是像气吹起来一样,走路咚咚响。她热情爽朗,粗门大嗓,走到哪里就把笑声带到哪里。巴特身条子瘦,婚后更瘦了。两人站在一起,是那么的不协调。一个笑容满面,一个面容沉静。一个像夏天一样热烈,一个像冬天一样冷寂。

巴特受不了有些聒噪的胡日乌斯,白天的大把时间被他用来收拾农具和侍弄牲口。就是没活的时候,他也很少进蒙古包,而是坐在云杉树下眺望夕阳,或者躺在草地上,望着天上悠悠而过的白云。

夜晚,当巴特进入蒙古包,和胡日乌斯同床的时候,他不得不忍受胡日乌斯如雷的鼾声。中年以后,鼾声中又加入酒精味儿。基因在胡日乌斯体内发挥了作用。她曾经对酒有多痛恨,现在就有多热爱。最终,酒精侵蚀了她的肝,夺去了她的生命。巴特滴酒不沾。在他们漫长的婚姻生活中,大部分时间里,清醒的巴特面对的是昏沉的胡日乌斯。

胡日乌斯性格暴烈,棉包似的身躯里藏着一个火药桶。不经意的小事儿,都会把火药桶的引信点燃。邻居、亲戚、草场测量员、牛马贩子都受过她狂风暴雨般的怒骂。他们无一例外地在她唾液四溅,酒气熏天的骂声中,瑟瑟发抖。她却从来没有对巴特发过火,相反还有些低眉顺眼地惧怕巴特。她好像从来都没有找到与巴特正确相处的方式,一生都在试探。她在新婚之夜的疑问也许直到进入坟墓那一刻都不会释然。伴随她度过漫漫一生的这个男人,是那个与她在月下相会、在沾着露珠的草地上亲热的男人吗?如果是,是什么改变了他,是战争吗？如果不是，那么他是谁？

胡日乌斯离世前饱受病痛折磨，在昏迷的间隙，难得清醒的时间里，她会握着巴特的手，脸上呈现出少女的娇羞。她哆嗦着嘴唇，似乎要说什么。巴特亲吻了她因疾病而变得尖瘦的额头。胡日乌斯喘了一阵，终是没说出什么，又陷入昏迷。直至去世，再也没清醒过。

巴特问自己，爱胡日乌斯吗？答案是否定的。但是，看到共同生活了近半个世纪的女人被安放在棺木里，被黄土覆盖，坠入科尔沁草原的地洞，坠入永世的黑暗，巴特也不禁悲从中来。

天上流动着铅块似的云，阳光被遮挡了，气温很低。从蒙古高原吹来的凛冽的北风像梳子刮过科尔沁草原。巴特用脚轻轻磕了磕马肚子。云青马绷紧脖子，头一扬，鬃毛甩动，脚步加快了。不一会儿，马鼻子就喷出了白气。

居住了几十年的蒙古包越来越远，最终只在想象的地方存在了。伴随着嘚嘚的马蹄声，巴特用嘶哑的喉咙唱道："在我的心中，有一匹白马，日夜奔腾；在我的心中，有一首歌，日夜缭绕；在我的心中，有一个姑娘，日夜思念……"

巴特六十四岁了，他这一生经历过贫困、战争、生死、迷茫、苦痛、挣扎……曾经的青葱少年，如今垂垂老矣。

走到归流河时,天空飘起了雪花。洁白晶莹的雪花纷纷扬扬地落下来。雪花落在马脖子上,越聚越多,云青马抖抖斑白的鬃毛,雪花似烟雾飞起。雪花落在冰面上,立即消失在了那光亮里。这个季节,归流河还没融化,像条白色的哈达穿过科尔沁草原。夏季时,它水量丰沛,隔老远就能听见哗哗的流水声。吉日嘎拉就是在这里失去了他那色彩斑斓的生命。

那年夏天,一个满月之夜,月光似水银泻地,在科尔沁草原流淌。被酒精燃烧的吉日嘎拉在情人家里度过了一个疯狂的夜晚。他背着马头琴一路歪斜地走到归流河边。蛐蛐在草丛里鸣叫,繁密似落雨。月亮照亮了归流河,使它像天上的银河一样,发出绚烂夺目的光。微风吹过,水波荡漾,像摇晃一池银子。吉日嘎拉被美景惊得目瞪口呆。他停下来,坐在草地上,对着归流河,对着银盘一样的月亮,拉响了马头琴。他把一生所学的曲子都拉了一遍,一会儿欢快,一会儿悲伤,一会儿低沉,一会儿昂扬。那个夜晚,离归流河不远的牧民有耳福了,他们听到了一个天才乐手的最后狂欢。多年以后,他们还津津乐道。

天快亮时,吉日嘎拉疲倦地睡着了。他仰躺在草地上,面对着浩瀚的星空,幸福又满足。浓浓的睡意淹没他的时候,归流河的上游下起了大暴雨,洪水没有任何预兆地冲下来……

三天之后，人们在归流河下游发现了他。他浑身赤裸，身体像鱼肚一样白。演奏过无数曲子、拨动过无数女人心弦的马头琴已不知去向，和乐手一起永远地消失了。

巴特对吉日嘎拉没有丝毫的恨意，即使他在游说父亲允许巴特从扎鲁特"嫁"到科尔沁时吹嘘自己牛羊成群，牧场一眼望不到边，即使他把破烂不堪的烂摊子一股脑儿丢给巴特，自己去逍遥快活。巴特想的是，每个人有每个人的命运，吉日嘎拉飘萍般四处浪荡，而他注定要辛劳一生。

巴特接手之后，修筑围栏，缝补蒙古包，给牲口防疫，夏天放牧，冬天贮草……除了这些，还要防范野狼的袭击。

那年春天的夜晚，已经睡下的巴特被羊的惨叫声惊醒。他赤着脚抄起门背后的猎枪跑了出去，朦胧中看见新买的一只种公羊被一只狼叼走了。猎枪是他从草原派出所借的。种公羊是用来改良品种的，他发现牛羊不旺的主要原因是近亲繁殖和品种不良。狼拖着羊向草原深处跑去。那是一匹成年公狼，身架子大，拖着五六十斤的羊，仍然跑得飞快。巴特持枪跑到一个土丘上，就地卧倒，瞄准射击，对着狼头就是一枪。枪响，狼倒，羊跑了回来。扣动扳机的那一刻，他仿佛重回战场。夜色中耸动的狼头，让他想起热带丛林中一闪而过的敌人。

从此，巴特的牛羊再也没被科尔沁的野狼袭扰过。

巴特从马背上下来，牵着云青马小心翼翼地过了归流河。云青马的铁掌磨损严重，在光滑的冰面上扎不住蹄，像醉汉一样东摇西晃。巴特用肩膀撑住它的脖子，尽量帮它稳住身体。

到了对岸，巴特重新骑上云青马，望着带走吉日嘎拉生命的归流河，最后一次想到他的形象。他觉得吉日嘎拉是幸福的，有美酒、音乐和两情相悦的情人。没人知道的是，他也曾品尝过这种幸福。

二十年前秋末冬初的时候，巴特家迎来了三个来自松漠的牛马贩子。那是售卖牲畜最好的季节。价格谈好，牲畜被装上了车。巴特烀了一锅羊骨头招待他们。几个牛马贩子都喝多了。他们在闲聊中谈到了松漠一个不久前成为寡妇的女人，她的丈夫从装草的车上掉下来摔死了。年岁大些的刀条脸牛马贩子冷笑着说，我听说有人用五头牛都没敲开那个寡妇的门。巴特夹了一块羊骨头送到刀条脸的盘子里，不经意地问，那个女人叫什么名字？刀条脸喝一口酒，擦一下嘴巴说，萨日朗，唉，是个好女人，可惜命不好。正在喝奶茶的巴特猛地呛住了，连声咳嗽，鼻涕眼泪都出来了。

第二天早上，巴特骑着云青马向松漠走去。那时的云青马正值壮年，脚力快，早晨出发，黄昏就到了松漠。那是个小镇，有着号称省内最大的牲畜交易市场。

从天南海北贩运过来的牛马骡在街上嘚嘚走过，眼睛里是梦游一样的神色。在溅起的灰尘里，夕阳像牛油般黏稠。

巴特来到萨日朗家，站在院门外犹豫不决。他曾多次憧憬过见面的场景，真正要见的时候，又喜又怕。云青马不安地刨着蹄子，打着嘟噜。也许是听到了动静，一个女人推开屋门走出来，正是他昼思夜想的人。时光似乎在她身上静止了，那眼睛还是星星一样明亮，那身材还保持着少女的模样，尤其一头秀发，垂在腰间，随腰身荡漾。萨日朗也认出了他，两人隔着黄昏的光线，隔着二十多年的光阴定住了。

萨日朗走过来，到他跟前，直视着巴特的眼睛说，你来了，我知道你一定会来。近距离看，巴特还是发现了岁月的痕迹，她眼角周围有了细细的鱼尾纹，脸颊也粗糙了，黑发中有了令人惊心的白色。巴特一阵心痛。

巴特的手被萨日朗牵起的那一刻，心神一荡，恍如隔世。他本想拒绝，却没有一点力量反抗。他跟随萨日朗进了屋子，手拉着手坐在一起，谁也没有说话。两人似乎都在享受这种静谧，说什么都显得多余。

黑暗慢慢降临，像浓雾钻进了屋子。屋里的一切都隐在黑暗中，只有萨日朗的眼睛像炭火一样炽热。巴特陡然记起自己的身份。他把手从萨日朗的手心里抽离，站起来说，我得走了。萨日朗一把抱住他。他感受到她的身体在颤抖。巴特闻到了她的秀发散发着好闻的青草味儿，还是巴特熟悉的味道。巴特强迫自己冷静下来，扳住她的肩膀，推开她，盯着她在黑暗中的明亮的眼睛说，我是巴——萨日朗急切地打断他，我知道你是谁。巴特还要说什么，嘴唇嗫嚅，还没说出来，萨日朗的嘴唇就紧紧地贴上来了。

那是巴特生命中最富于激情的夜晚。早晨，萨日朗还没有醒来，趴在床上，秀发披散在白皙的背上。巴特轻轻起床，把前两天卖牲畜的所有钱都塞到床底下，然后牵着云青马，悄悄地离开了。

后来，巴特陆续从那几个牛马贩子口中知道了萨日朗的消息。他们第二年来收牲畜时，一个满脸络腮胡子的牛马贩子说，可惜了那么好的女人，听说，她再也不嫁人了。刀条脸说，不是不嫁，她有相好的了，等着呢。另一个黑瘦的牛马贩子嗤了一声，惋惜地说，傻老婆等汉子，好时光都浪费喽。

巴特最后一次听到萨日朗的消息是十年前。那年只来了刀条脸一个牛马贩子。络腮胡子出车祸去世了。黑瘦的那个酒后与人打架，被人下了黑手。从刀条脸的嘴里，巴特知道，萨日朗开了镇上最大的旅店，生意红火，还是孤身一人。

那以后，刀条脸也不来收牲畜了。巴特再也得不到萨日朗的消息了。在苦闷甚至绝望的日子里，巴特有过无数次想再去松漠的冲动,但都克制住了,他知道最好的时机还没有到来。

现在,无疑是去松漠的最佳时机。去之前,巴特还要做一件事,是每年的3月5日都要做的事情。做完了那件事,他就可以安心地去松漠了,去见萨日朗。

雪大了些,雪花落得更密集了。雪花落在树上、枯草上,发出窸窸窣窣的响声。很快,地上就白了。马蹄子踏过,留下了清晰的足迹。

巴特骑着云青马走进一片白桦林。白桦树是近些年政府为了防止草原沙化引进的树种。现在这些白桦树已经碗口粗了,棵棵笔直,成行成列。巴特走在它们中间,仿若正走在队伍里,与一个个战友擦肩而过。巴特泪眼迷蒙。恍惚间这些树动了起来,它们抖落一身的风雪,变成了他那些牺牲的战友。他们笑呵呵地看着他。他还能认出他们,那个矮个儿的是山东的小敦子,那个大个儿的是河南的张大壮,那个白脸的是新疆的特列吾。他还看到了一个和自己长得一模一样的人,那是他的双胞胎兄弟巴图。巴图正抿着嘴笑眯眯地看着他。巴特跳下马,跌跌撞撞地奔过去,脚步蹚起雪末子,嘴里叫着,我的兄弟呀……巴特一把抱住巴图,把他贴心贴肺地搂着。

云青马咴咴叫了两声,巴特才清醒过来,发现自己抱的是一棵白桦树。这场景是他这些年夜里频繁做的梦。他在梦里越来越多地回到炮火纷飞的战场,越来越多地梦到兄弟巴图。

巴特擦干眼泪,骑上云青马,哀伤地穿过了白桦林。

中午,巴特到了红石小镇。他走进了宝路德的商店。宝路德是个比巴特年龄小些的老头儿,身材矮小,脸像风干的核桃皮。他从柜台里迎出来,一惊一乍地说,大哥,这样的天气你不在家里享清福,出来跑什么?巴特一手扶着柜台,一手捶打着腰,那儿有些酸痛。他看着比自己矮一头的宝路德说,你不看看今天是什么日子?宝路德看了看挂在墙上的日历本,一拍脑门儿说,噢,对了,今天是去祭祀你的兄弟巴图的日子,东西还和每年一样吗?巴特点点头。宝路德走进柜台,拿了一瓶白酒、一条香烟、一斤冰糖、一斤红枣、一斤葡萄干、一块五彩的绸缎布头装进一个袋子里,递给巴特。巴特付了钱,走出商店。宝路德在背后嘀咕,愿长生天保佑你呀,我的老哥!

巴特骑着云青马,沿着青石铺就的街道,在风雪里踽踽独行。他的目的地是离红石小镇五里路的乌拉山下的烈士陵园。他的兄弟巴图就长眠在那里。每年的这一天他都去祭祀,从来没有间断过。

巴图壮烈牺牲是他关于那场战争最悲痛的记忆。多少年过去了,隔着厚厚的时光帷幕,他的记忆不仅没有模糊，反而越来越清晰。他记得当时的每一个细节，像电影胶片一样存在脑子里，一帧也没有丢失。

时间回溯到1979年3月5日上午，越南同登北部的热带丛林中，巴特和巴图匍匐在一片灌木丛里。他们与身边的环境融合在一起，不仔细看，根本不会发现他们。刚刚下过雨，空气又潮又热。丛林里很静，偶尔一滴硕大的雨滴顺着叶子滑落下来，发出吧嗒声。

他们瞪大眼睛，一眨不眨地盯着对面一片木薯林。他们把缠满草叶的狙击枪从灌木丛下面伸出去，黑黝黝的枪口瞄准着木薯林。

他们是趁着夜色进入这片阵地的，已经连续潜伏了四个小时。他们是被紧急抽调过来的，专门对付越南最毒辣狡猾的狙击手。根据情报，这个狙击手外号"独狼"，今天会在这一带活动。他已经连续伤害了我军四名狙击手、两个连长、两个副营长和一个营长，气焰十分嚣张。上级首长紧急抽调巴特、巴图，命令他们无论如何要干掉"独狼"。他们是全军最有名的狙击手，最后的王牌。因为来自内蒙古的扎鲁特，战友们都叫他们扎鲁特兄弟。

巴特当时就表态，首长放心，他是"狼"，我们小时候就打过狼，一定除掉他。巴特和巴图是双胞胎，穿着长相一样，甚至连行军背包都一样，包外都卷着一条羊毛褥子。但两人性格却大不相同。巴特特别机灵，巴图稍显迟钝。巴特比巴图大五分钟,巴图从小就听巴特的。

他们的父亲做牛马贩子前是旗里组织的狩猎队的队长。那些年,扎鲁特野狼泛滥,旗里成立狩猎队专职打狼。巴特和巴图很小的时候就有机会摸枪。到了部队后,他俩的射击天赋很快展现出来,经过刻苦的训练,迅速成长为沉着冷静的狙击手。战争爆发后,他们在战场上射杀了多名敌方的重机枪手、侦察兵及军官。和单独的狙击手不一样,他们俩共同作战,配合精妙,总能出色地完成狙击任务。

他们是1976年当的兵,本来1979年是他们复员的日子。可他们渴望为国而战,同时写下了请战书。

这次任务是对巴特和巴图军旅生涯的最大考验。他们能清晰地听到木薯林里"独狼"的咳嗽声、走路声,甚至是划动枪栓的声音,就是看不到他在哪里。那声音一会儿左,一会儿右,一会儿远些,一会儿近些,有很强的迷惑性。"独狼"能活到今天是有原因的,他善于利用熟悉的地形地势成功地隐藏自己,并等待最佳时机。巴特和巴图如果贸然开枪,就中了"独狼"的圈套,不但打不中他,还会暴露自己的位置。

两人相距七八米,面对敌人成犄角之势。他们连手势也不打,只用眼神交流。朝夕相处,他们心有灵犀,不用说话,看眼睛就能知道对方想要表达的意思。有两次，巴图按捺不住性子，听到了"独狼"的声音，以为他就在那里，手指就要扣动扳机，余光看一眼巴特。巴特皱着眉头，示意他不要轻举妄动。巴图松开勾到一半的手指，下一秒响声果然又在另一个方向响起，刚才那是"独狼"误导他们的，巴图要是开枪，他就暴露了，一颗子弹就会飞向他潜伏的位置。巴图手心里全是汗。

时间一分一秒过去，双方比拼着耐心和毅力。快到中午了，天气越来越热，巴特和巴图浑身湿透了，衣服粘在身上。阳光穿过榕树和棕榈树阔大的叶子，照在地面形成不规则的光斑。蝉在光斑里不知疲倦地叫，好像是阳光在叫。

突然，轰隆一声，一颗炮弹在兄弟之间爆炸，沙石树木飞了满天。大地颤抖，耳畔轰鸣，五脏六腑好像都被震得移了位。硝烟散尽，巴图看见巴特的一条腿血肉模糊，他被弹片击中了。巴图的第一反应是过去帮他用绷带包扎，止血。巴特用眼神制止住巴图。巴特痛得脸上汗珠直落，肌肉抽搐，但是他紧紧咬着牙关，身体一动不动，任由伤口飙血，眼睛盯着木薯林。

巴特和巴图以为炮轰以后，"独狼"会过来检查，那时就是射杀他的最好时机。但是，这头狼太狡猾了，他依然不露面。

又过了一个多小时，巴特的血已经洇湿了草丛，他的脸越来越苍白，嘴唇焦干，结着死皮。巴图能感觉到巴特全身在微微地颤抖。他多想扑过去，给巴特喝口水，帮他止住血，然后背着他赶紧回连队，让卫生员救治。巴图把想法通过眼神传递过去，巴特又一次坚决地制止了他，并且咬着牙示意他，一定要把"独狼"干掉。

巴图只得收回目光，专注地盯着对面，盯着野芭蕉和剑麻交织的缝隙。有一瞬间，他好像看到了一双闪着毒光的狼一样的眼睛，但转瞬即逝，什么也没有了。

黄昏很快降临了，雨林里暗下来。再不采取行动，"独狼"就会趁着夜色跑掉。明天又会有战友遭他的毒手。那样，他们的任务就失败了。扎鲁特兄弟从来没有失败过。巴图看向巴特，发现巴特微笑了一下，那微笑透过热带雨林黄昏的光线传过来，亲切温暖。巴图太熟悉这微笑了，像小时候哥俩一起和别人打架时，巴图被压在地上，巴特过来一下子把那人掀翻后，拉起巴图的微笑；也像他们十二岁时，父亲拿着鞭子质问他们谁抽烟了，巴特站出来说是我，他褪下裤子露出屁股挨父亲鞭打时，对巴图的微笑，其实烟就在巴图藏在背后的手里；还像他们炎炎夏日站在深不可测的河边，巴图胆战心惊，巴特勇敢地纵身一跃前的微笑。

巴图知道他要干什么，他用眼神阻拦甚至恳求他，可已经来不及了。巴特把架在肩膀的枪放下，双手撑地，直起了身子，他的头探在灌木丛的上方。时间仿佛慢了下来。巴图听到一颗子弹穿过空气呼啸而来,一下子打在巴特的脖子上,血花四溅。巴特嘴里也喷出一股血来,缓缓倒下。

巴图来不及悲伤,虽然他已经被潮水般巨大的悲伤和疼痛淹没了。他紧紧握着枪,死死地盯着木薯林。几分钟后,树丛一阵晃动,一个小个子男人从里面钻出来。他吹着口哨,抽出腰间的刀走向刚刚被他击倒的猎物。巴图一辈子也忘不掉他的脸,三十多岁,脸被太阳灼伤,三角形的眼睛,高颧骨,宽而短的下巴。他的眼珠是黄铜般的颜色,真的像狼的眼睛。巴图扣动扳机,一颗子弹从他的额头穿过。他带着诧异向后倒去,夕阳在他嚼槟榔嚼得破损了的牙齿上跳跃了一下。

巴图站起来,冲到巴特身边,从背包里找到绷带缠在巴特的脖子上,然后把巴特背起来就跑。热乎乎的血洇湿了巴图的后背。巴特的身子变轻了,变柔软了,像棉花一样。巴图不顾一切地跑着。植物折断的声音在四周响起,折断处汁液苦涩的气味包围着他们。

巴特在巴图耳边说,我不能活着回去了。巴图哭着说,哥,你能活,咱们这就去找卫生员。巴特叹了一口气说,活不了了,我的腿断了,我的血都要流没了。巴图嘶喊着,哥,你不能死。巴特轻轻摸了摸巴图的脸,说,兄弟,不要悲伤,我们是一个人,你就是我,我就是你,你活着,我们就都活着。歇了一会儿,巴特接着说，你回去跟胡日乌斯结婚吧，她已经怀孕了，我不想我的儿子出生后就没有父亲。巴图没说话。巴图想到了他的女友萨日朗。巴特恳求说，巴图，答应我。一片叶子滑过巴图的脸庞。一截树枝划过巴图的额头。巴特呻吟着说，兄弟，答应我。巴图说，我答应。巴特说，从现在起，你是巴特，我是巴图。巴图嗯嗯应着，泪水横飞。快到连队的时候，巴特的声音越来越低，他极其虚弱地说，我看见家乡的哈斯山了，我看见母亲了……

巴特的身体慢慢变凉了，热气像一只大鸟飞走了。巴特说的最后一句话是，兄弟，我冷。

巴特的遗体被运回国内，先是埋在了边境城市，一年以后运回到乌拉山脚下的烈士陵园。

战争胜利后，巴图以巴特的身份回到了家乡。他的父母也许发现了端倪，但什么也没说。萨日朗在一个夜晚来找巴图。萨日朗是他刚刚交往三个月的女友，所有人都不知道她的存在。虽然只有三个月，但两人感情浓烈，已经发誓要厮守一生。萨日朗眼泪汪汪地说，我知道你是巴图，你是我爱的那个人。巴图扭转身子不看她，尽量平静地说，我是巴特，巴图已经牺牲了。萨日朗说，你的眼睛骗不了我，你是巴图。巴图说，巴图死了，再也回不来了。萨日朗哭着转身跑了，她的长发在夜晚一荡一荡地闪着光。巴图的心都碎了，他真想追上去，把她紧紧地搂在怀里，捧着她的脸告诉她，我就是巴图。可他的耳边回响着巴特的话，兄弟，我冷。他瞬间恢复了冷静，一动不动地看着萨日朗消失在夜色中。

几个月后，萨日朗嫁到松漠。巴图以巴特的身份去科尔沁草原和胡日乌斯结婚。开始了各自不同的人生。

巴图后来想，假设他当初不答应巴特，而是和萨日朗成亲，让胡日乌斯重新再嫁，那会怎么样呢？但是，人生没有假设。如果再给他一次选择的机会，他还是会答应巴特的。他不后悔。

云青马停了下来，巴图发现已经到了烈士陵园门口。他感觉脸上凉凉的，不知什么时候流下了眼泪。每一次回忆都是撕心裂肺的疼痛。

巴图把云青马拴在门口一棵松树上，拿着祭品走进烈士陵园。雪不知什么时候停了。阳光透过云层，照在大地上，有了微微的暖意。大地上的雪白得更加耀眼。

巴图找到青松翠柏掩映下的巴特的墓碑。墓碑上写着：巴图烈士之墓，中国人民解放军第五十五军，1979年3月5日。巴图拂去墓碑上的雪，坐在墓碑旁，像他小时候坐在巴特身边一样。他老了，巴特却永远年轻，永远停在了二十一岁。

巴图从袋子里拿出祭品，一样样摆好。他把酒倒在杯里摆在墓碑前，把烟点燃，插在碑前的土里。酒香氤氲开来，香烟袅袅上升，阳光温柔地照着白雪覆盖下的墓园。

一只长尾巴鸟飞落在一棵松树最高的枝上，悠悠颤颤。巴图对着鸟默默祷告，如果你是巴特，那就叫两声吧。那鸟果然清脆地叫了两声。巴图泪流满面。或许，他们从未分离。

其实，这一生中，他多次遇见巴特。有一次是在浓雾缭绕的夏日早晨，他听见有人说话，循着声音追去，在浓雾深处，隐隐约约看见巴特，走近了，又什么都没有了。还有一次是在秋天的夜晚，在灿烂的星空下，他放牧，听着牛羊吃草的声音，忽地看见远处站着一个人，那神情，那身姿，正是巴特。他蹑手蹑脚地走过去，想要抱住他，可等他走到那里，却发现那只是一株野山榆。最奇特的一次是冬天的夜晚，他去羊圈喂羊，听见有人叫他的名字，是巴特的声音，清清亮亮，他急急地拧亮灯，四下寻找，什么也没发现，后来在角落里看见一只刚出生的，嘴唇像花骨朵般粉嫩的小羊羔。

香烟燃尽，酒似乎也少了些。巴图轻声地和巴特告别，告诉他，他不会孤单，每年的3月5日自己还会来看他。

巴图出了烈士陵园，解开马，上了马背，向松漠方向走去。他完成了巴特的遗愿，陪胡日乌斯走完了一生，把巴特的儿子抚养成人。他没什么遗憾了。如果把人生比作线轴，余丝寥落，他要真正地为自己活一回了。

巴图不知道萨日朗此时的生活状况，但不管哪种状况，他都想好了应对的策略。如果萨日朗孤身一人，那他就娶了她；如果萨日朗已经再婚，那他就在松漠住下来，等待，一年，二年，三年，甚至是十年，等到萨日朗的再婚对象去世，再娶她。

阳光忽地热烈起来了，天空幽蓝，远山如黛。巴图骑着马走在通往松漠的路上。那是一条新修的宽敞的柏油路，云青马的蹄子走在上面发出叮叮的音乐一样的响声。

没来由的，起了一阵风，刮起雪粒子，其中一颗顺着巴图的衣领钻进去，击打在胸膛上。一阵寒凉，巴图像被子弹击中。那个新婚之夜胡日乌斯的疑问游丝般在他耳边响起，你是谁？声音虽小，却有着摄人心魄的力量。他一阵眩晕，迷惘起来，他分不清早五分钟出生的人，在战场上主动当诱饵的人，和胡日乌斯结婚的人，此刻骑在马上的人，躺在墓碑下面的人，他是巴特还是巴图……

他索性不想了，释然了。他记起他的兄弟临终说过的话，我们是一个人，你就是我，我就是你。他记起他们有一个共同的名字——扎鲁特兄弟。

他听见头顶上有翅膀扇动的声音，他抬起头，看见在墓园里见过的那只长尾巴鸟在半空中飞着，紧紧地跟着他。

他热泪盈眶，催马向前，扯起喉咙唱道："挽起长弓，我要射落彩虹；辽阔的大地，梦境像河流淌过；彩虹坠落，露珠滴落于我怀中；我把露珠献给你，你看，这是我透明的一生……"

发表在2022年第4期《民族文学》，并被《长江文艺好小说》2022年第6期转发

阿布来接我的那一天

一

蒙古族谚语：人最大的不幸是少年离开阿布（父亲），中途离开马。现在，这不幸要降临到阿古拉身上了。阿古拉即将离开他的马了。

阿古拉的马是一匹枣红色的袖珍马，比正常的马矮一大截，名叫扎那。扎那骨架细瘦，四肢短小，鬃毛卷曲而稀疏，像一个营养不良的孩子。扎那惯常的动作是歪着头，翻动嘴唇，露出整齐如栅栏的板牙，脸上的肌肉抖动，像笑又像哭。这倒也很配它的主人阿古拉。草原上的人们常说，阿古拉和他的马一样憨蠢。

人们这样说，阿古拉从不反驳。他发现人们在嘲笑他时是快乐的。就连平时总阴沉着脸，最不开心的人，奚落起阿古拉也是眉飞色舞。阿古拉想，让人们开心总是不错的。

其实，阿古拉一点也不傻，把他的智商和扎那的智商放在一起是对他的侮辱。他只是说话做事稍稍有些迟钝，脑子不太灵光。这都怪他五岁那年的一场高烧。

五岁那年春天的夜里，阿古拉烧到脸颊上能烫熟鸡蛋。额吉（母亲）背着他跑到二十里外的医生那里就诊。医生忙活了大半夜，终于让阿古拉的烧退了。从那以后，阿古拉的机灵劲像蒿草，被大火烧掉了。

阿古拉和扎那每年都会参加那达慕大会的赛马比赛。人们喜欢看到阿古拉骑着扎那跟在群马屁股后头奔跑的样子。阿古拉个子高，拥有两条鹭鸶般的长腿。他骑着扎那，腿拖拉在地上。扎那在草原上奔跑，阿古拉的双脚就漫过葳蕤的草丛、成片的格桑花，有时也漫过葛针和荆棘。由此，阿古拉特别费鞋，刚穿的新鞋没几天就被刮破了。

起初，阿古拉和扎那对那达慕的赛马比赛是认真的。扎那昂着头，尾巴竖起来，四条短腿紧倒腾，拼命奔跑。遇到沟坎，阿古拉就两条腿蹬着地，给扎那助力。即使这样，扎那也是最后一个冲过终点，比别的马晚了半支烟的工夫。有的时候，扎那冲得太猛，阿古拉还会从它的脖子上溜下来，摔得四脚朝天。阿古拉和扎那滑稽的样子引得观众又笑又跳。扎那吸引的目光甚至超过了夺得第一名的骏马。

后来，他们的比赛就带有表演性质了。当万马奔腾冲向远方，阿古拉骑着扎那小跑跟在后面。扎那也学乖了，不再拼命跑了，时而高高地抬腿，像马术表演中的盛装舞步；时而噘嘴朝天，斜睨着人群，似乎在翻着白眼，发出咴咴的叫声。它还故意耸动屁股，抬起后腿，把阿古拉从背上甩下来。阿古拉早有准备，跌到柔软的草丛里，一点不会受伤。人群爆发的笑声像草原上盛开的格桑花，密集而绚烂。阿古拉和扎那把那达慕大会的欢乐推向高潮。

那也是阿古拉的惬意时刻。当他躺在地毯一样的草丛里，闻着野牛草的香味儿，听着人们的笑声，看着纯净如水晶一样的天空，对生活的感恩和幸福感就像河水流过他的身体，让他丰盈起来。长生天赐予的足够多了，除了扎那，他还有最好的朋友宝音，还拥有了甜美的爱情。他和索布德已经订婚了。索布德在红石小镇开美发店。索布德的腿因为患小儿麻痹症，有一点跛，可是那有什么关系呢？她热情爽朗，长相俊美。额吉准备在秋天给他和索布德完婚。

阿古拉从草丛里站起来，看到在草原上撒欢的扎那，阿古拉几乎热泪盈眶了。他想起扎那刚出生的那一刻。

扎那是阿古拉十六岁那年秋天，一个露珠浓重的早上，路过宝路德大叔的牲畜围栏时，从宝路德大叔手里捡来的。当时宝路德大叔拎着一只裹着残破胎衣的小马驹，推开牲畜围栏门走出来。宝路德眉头紧锁，愁容满面。阿古拉问宝路德大叔去做什么，宝路德大叔叹一口气，说，这个小马驹太小，吃不到奶，这一批马下的马驹太多了，照顾不过来，只能把它扔掉了。阿古拉问，把它扔到哪儿去？宝路德说，扔到东边的土坡上。阿古拉想到清晨或者黄昏，常有秃鹫和老鹰张开巨大的羽翼在那儿盘旋。阿古拉的心就疼起来。他看了看比小羊羔大不了多少的小马驹，说，把它给我养吧。宝路德说，善良的阿古拉，长生天保佑你。他把小马驹交到了阿古拉手上。阿古拉抱着小马驹，一股血腥味儿直冲鼻孔，双手和前胸像被草尖上的露珠打湿的双脚一样湿润。

经过阿古拉精心喂养，扎那存活下来，并且健康长大了。如今，阿古拉二十六岁了。扎那和阿古拉成了须臾不可分离的伙伴。除了黑夜能将他们分开外，所有的白天他们都在一起。

可是现在，阿古拉却要与扎那分离了。

这是经过了一夜滂沱大雨的七月初的早上，土地像糯米糕一样松软了。世界明亮，空气清冽。阿古拉从敖嘎破烂不堪的蒙古包里钻出来，阳光如万支利箭带着划破空气的尖锐响声射向他的眼睛。他眼睛一痛，马上闭上了。

眼皮像盾牌挡住了阳光，可阿古拉的身体承受了万箭攒心一样的攻击。他猛地一颤，身体晃了晃，勉强站稳，像刚刚从一场噩梦中醒过来。他把眼睛闭得紧紧的，不敢睁开。他害怕在蒙古包前那棵胳膊粗的山榆树底下看到扎那，害怕看到扎那无辜的亲热的眼神。

扎那还不知道，它亲爱的主人阿古拉已经把它输掉了。

二

昨天黄昏，阿古拉骑着扎那到红石小镇去。广阔的草原上暮色迷人。贴着草地滑行的南风让人如饮了酒般微醺。他快速穿行在傍晚的奶油般的明黄中。

阿古拉路过敖嘎的四面透风的蒙古包，没想到敖嘎和两个男人从包里幽灵般地钻出来。阿古拉吓了一跳。以前也路过这里，敖嘎的蒙古包里一个人也没有，倒是有土拨鼠和狐狸进进出出。

敖嘎身材矮壮，曾经是那达慕大会的摔跤冠军。跟着他的两个男人一个三十多岁，个子高，有点驼背，眼睛像黄鼠狼的眼睛，滴溜溜乱转；另一个四十多岁，秃顶，连鬓胡子。他们三个都赤裸着上身，夕阳的光芒在他们酱紫色的肌肉上闪烁。阿古拉闻到了他们的身上散发着浓重的汗酸、油腻和酒精味儿。

敖嘎拦住扎那。敖嘎脚步踉跄，打着嗝，脸色像西边的落日一样红。他左眉骨上方有一道疤，像个肉虫子扭来扭去。他狠狠地盯着扎那，眼睛里要喷出火来。

阿古拉从扎那背上跳下来，牵着缰绳站在敖嘎面前。他说，敖嘎，你什么时候出来的？敖嘎前几年因为拦路抢劫被判了刑。在黎明前的黑暗中，他拦住了一位急着赶路的老人，用一个过背摔把老人摔晕在地，掠走了老人的钱。不到两个小时，敖嘎还没来得及消费抢来的八十八块六毛钱，就被警察抓住了。

敖嘎舔了舔嘴唇，说，我出来半个月了，老同学，你也不来看看我。阿古拉和敖嘎是初中同学。阿古拉有些惧怕敖嘎，初中时没少挨敖嘎的欺辱。

高个儿和连鬓胡子也摇摇晃晃，站立不稳。他们围着扎那又看又摸。高个儿说，这是马还是驴？他的话引起了连鬓胡子的哄笑。阿古拉说，这是马，公马，叫扎那，它十岁了。连鬓胡子边笑边问，公马，哈哈，它会配种吗？阿古拉说，不会，母马们都太高了。高个儿和连鬓胡子的脑海里也许出现了一些画面，他们笑得直不起腰来了。扎那是人来疯，听到人类的笑声，它的表演欲望上来了，歪着头，露出板牙，咳咳地叫起来。高个儿和连鬓胡子笑得更欢了。敖嘎没有笑，眉毛一挑，那疤如同虫子从一棵草跃到另一棵草上。他冷冷地说，阿古拉，都说你的马像你，真是名不虚传哪。

阿古拉用缰绳拉了拉扎那，想绕开敖嘎他们，尽快离开这里。敖嘎却又拦上来，说，阿古拉，你去做什么？

阿古拉说，额吉让我去红石小镇找拉克申。敖嘎说，是请拉克申去夏牧场吗？阿古拉点点头。敖嘎说，你难道空着手去请拉克申？见不到钱，他是不会答应的。

阿古拉不会撒谎。他咬住嘴唇，沉默下来。一群蜻蜓悬停在草尖上方，它们的羽翼在阳光下闪闪发亮。敖嘎又问，你难道没带钱吗？敖嘎眯着眼睛，歪着嘴角，汗顺着腮帮子流下来，非常着急的样子。阿古拉拍拍左裤兜，说，这里有一万块钱。敖嘎的眼睛突然睁大了，射出骇人的光来。他看了看阿古拉，又看了看身后的高个儿和连鬓胡子，说，阿古拉，走，进包里陪我喝一杯，咱们很长时间没坐在一起喝酒了。阿古拉说，敖嘎，我得走。说着，一骗腿上了扎那的背。敖嘎拽住马辔头，一使眼色，高个儿和连鬓胡子过来把阿古拉从马背上拉下来。阿古拉看推托不过，只得把扎那拴在包前的一棵山榆树上，跟着他们进了蒙古包。

蒙古包里破破烂烂的家具和摆设引起了阿古拉的怜悯之心。他想着以后或许应该帮帮敖嘎，两人毕竟同学一场。可他哪里知道敖嘎的心思呀。敖嘎正用刀子般的眼神看着他。

蒙古包中间立着一张桌子，桌子上杯盘狼藉，有空空的酒瓶子和啃到一半的牛骨头。透过蒙古包顶的一个屁股大的窟窿望出去，天色正在慢慢变暗，夜晚即将来临。

接下来发生的事情完全不受阿古拉的控制了。

他们先是把阿古拉拖到桌子上喝酒。阿古拉酒量不错，但是禁不住三个人劝酒，他很快就喝多了。喝醉了的阿古拉听到脑子里像有一万只蜜蜂在飞。敖嘎、高个儿和连鬓胡子在眼前转来转去。

天彻底黑下来了，夜色像一床棉被包裹着敖嘎的蒙古包。敖嘎拉亮灯。昏黄的灯光里，敖嘎、高个儿和连鬓胡子的影子被拉长，变形了。阿古拉就坐在他们黑森森的影子里。

喝完酒，敖嘎拿出扑克牌。阿古拉连忙摆手，他从来没打过牌。可是当他摇摇晃晃地站起来，想要离开时，却撞翻了椅子，一屁股坐到了地上。高个儿和连鬓胡子把他扶起来，敖嘎把扑克牌塞到他手里。敖嘎脸上的疤在酒后特别明显，变得又粗又大，让人恶心和恐惧。阿古拉不想也不敢激怒敖嘎，只得硬着头皮和敖嘎他们玩起扑克来。

不到半夜，阿古拉的一万块钱就输光了。酒精麻痹着，他还没体会到输掉这钱的后果，相反还感觉到了轻松。阿古拉想走，却被高个儿和连鬓胡子按着。阿古拉把衣兜翻在外边，意思是浑身上下没有一分钱了。敖嘎笑笑，递给阿古拉一沓钱，说，你还有外边的蠢马呢，把它卖给我吧，这是五千块钱。阿古拉从椅子上弹起来，说，那可不能卖。酒精变作汗流出来，他清醒了些。他要夺路而逃，可是敖嘎、高个儿和连鬓胡子围着他。他想到了落在蜘蛛网中的蜜蜂，自己现在正和那蜜蜂一样。他又想到被天空中的老鹰阴影覆盖住的羊羔，自己现在正和那羊羔一样。他看到了桌旁一把切牛肉的刀，那刀离他一米远，他探身就可以够到。他想拿刀和他们拼命，可只是想想，想一下就浑身发抖了。

这样，他被迫卖掉了扎那，拿着钱又坐在了赌桌前。

半夜，外边电闪雷鸣，下起了瓢泼大雨。雨水顺着包顶的窟窿落进来，落在阿古拉的身上，冰凉冰凉的。阿古拉想起拴在山榆树底下的扎那。他借口撒尿，走出蒙古包。高个儿和连鬓胡子跟在他后面。阿古拉来到山榆树下，见扎那站在黑暗和雨幕中。一道闪电划过天空，映照出了扎那湿漉漉的身躯和见到阿古拉后欢快的眼神。他来到扎那身边，悄悄地解开了它的缰绳，在它的屁股上轻轻拍了一下。

阿古拉一生中最黑暗的夜晚过去了，天亮了，雨停了。阿古拉的钱又输光了。比输掉钱更让阿古拉恐惧的是，他输掉了扎那。失去钱和扎那的后果随着酒精在体内的分解慢慢像滚雪球一样变大了。但是，他还抱着一丝侥幸，他希望山榆树下空空如也，希望扎那夜里独自跑掉了。

三

站在蒙古包前，站在清亮亮的阳光里，紧闭双眼的阿古拉感到脸上被一个温热黏腻的东西舔舐着，同时听到了呼呼的喘息声。不用睁眼，他就知道是谁。他太熟悉这种感觉了。以往的夜晚或者是清晨，把他从梦乡里拉出来的，正是这种情形。

阿古拉睁开眼，扎那正用舌头舔他的脸。阿古拉又气又急，伸手在扎那的脖子上打了一下，同时小声地嘟囔，都说你傻，你是真傻呀。

扎那被打得愣怔了，向后退一步。它浑身湿漉漉的，像刚从赤木伦河水里捞出来。肮脏的马毛紧紧地贴在皮肤上，一绺一绺的，显出雨水冲刷的痕迹。或许是早晨气温低，或许从来没被阿古拉打过，突然挨了一下，扎那伤心至极，浑身哆嗦着。它的牙齿交错相撞发出响亮的咯吱咯吱声。

阿古拉看着它，心里要滴出血来。他能想到它经受了怎样的一个夜晚：雨点子弹样的击打，狂风的吹袭，骇人的闪电和要震碎脑壳的雷声。扎那胆子小，最怕打雷，以往的雷雨天，扎那会钻到阿古拉的蒙古包里，站在他身边。可昨天夜里，它站在山榆树下，一动不动，忍受着狂风暴雨和雷声带来的巨大恐惧，只为等待着阿古拉。

阿古拉上前一步，抱住扎那的头，眼睛湿润了。他的身体跟扎那的身体一起颤抖起来。

敖嘎在阿古拉身后，用比冬天的赤木伦河水还要冷的口气说，快离开那个蠢东西，它是我的了。阿古拉抱着扎那的头不松手，脸和扎那的脸贴得更紧了。高个儿和连鬓胡子走上前，强行把阿古拉和扎那分开。扎那仍然要往阿古拉身边冲。高个儿紧紧揽住它的头，连鬓胡子扯住它的尾巴。扎那咴咴叫起来，眼睛里露出小孩子要离开父母一样的恐惧。

阿古拉几乎是乞求敖嘎了，说，我把扎那先带回家，回头再给你拿五千块钱，行吗？敖嘎说，不行，我说过了，它是我的了，愿赌服输，赶紧滚吧。说完，敖嘎把扎那牵到蒙古包旁的一个围栏里。扎那的后腿弯曲向后坠，打着拖拖。敖嘎用力扯拽缰绳。扎那的脖子被抻长了。它百般不情愿地向前挪动。

阿古拉仿佛身上的肉被人割掉一般痛苦，想要抢回扎那，无奈两只胳膊被高个儿和连鬓胡子拽着，动弹不得。

扎那被敖嘎强行拉进围栏。敖嘎把围栏门关紧。扎那想从围栏里跳出来，可是围栏太高，它尝试多次，都失败了。扎那把围栏撞得咣咣响。它在围栏里焦躁地打着响鼻，一圈圈跑起来。

高个儿和连鬓胡子架着阿古拉的胳膊送出一百多米，直到转过一个土丘，才放下他。高个儿在阿古拉的屁股上踢了一脚，说，走开吧，笨蛋，再回来，没有你的好果子吃。然后，两人撒了长长的一泡尿，转身走了。腥臊味儿在草地上升腾起来。

浑身无力的阿古拉坐在地上。远处哈斯山的影子正渐渐拉长。及膝的青草经过雨水的冲刷，格外新鲜和娇嫩。草尖上的雨滴开始蒸发，变成水汽，在空中回旋。阿古拉想起很多年以前，也是这样的早晨，上学路上，他的奶酪被敖嘎抢去，又被敖嘎推倒在地的情景。成年以后，他以为那样的痛苦再也不会有了，可此时此景仿佛昨日重现。和那时相比，他不知道哪一个阿古拉更悲伤。

有牧人赶着羊群走过来，羊群静默，只发出啃食青草的仿佛落雨一样的响声。它们的嘴巴被肥美多汁的青草染绿了。牧人看到阿古拉，惊奇地问，阿古拉，扎那呢？在人们的印象里，有阿古拉的地方必有扎那，他们总是一同出现。阿古拉不说话，咬着嘴唇，眼泪像雨水篦过草的根部，哗哗流淌。

坐了很久，地上的水透过阿古拉的裤子，浸泡了他的屁股。阿古拉的屁股又湿又凉。阿古拉擦干眼泪，站起来，朝红石小镇的方向走去。草原中间的一条蜿蜿蜒蜒的土路通向红石小镇。失去扎那仿佛失去了灵魂，阿古拉走起来轻飘飘的。他强迫自己不去想扎那，集中精神思考眼下的处境。

阿古拉摸摸左裤兜，那儿本来有一万块钱，现在空了。这一万块钱是额吉交给他的，让他去红石小镇请拉克申。连续两年了，额吉联合其他三户牧民请拉克申去夏牧场放牧。这一万块钱是定金，尾款放牧结束后再付。

夏牧场在草原深处，那儿的草又密又高，常有狼群出没。近年来，阿古拉家和其他牧民的牛羊没少被狼祸害。从前年开始，他们把羊集中起来，请拉克申去放牧。拉克申快七十岁了，20世纪80年代狼群泛滥时，他是旗里猎狼队的队长，打死的狼不计其数。据说，他身上有一股狼闻了会胆寒的气味。

拉克申带着四只训练有素的牛犊子一样大的、雄狮一样凶猛的牧羊犬，在夏牧场独自待上两个月，管理四户牧民的近千只羊，一只羊都不会损失。等放牧结束，羊的数目不会减少，反而会增加，因为正是母羊生产的季节。

本来请拉克申这样重要的事情，都是额吉亲自去办。每年的这个时候，她会骑着摩托带着钱到红石小镇去。额吉的性子彪悍泼辣。阿古拉七岁那年，阿布跟着来草原收牛羊的女贩子私奔的时候，额吉骑着摩托车追了女贩子的汽车一百五十里，摩托车没油了才罢休。额吉做事比男人还利落爽快。这也是其他三户牧民信任她的原因。可是今年，前几天，额吉提水桶饮牛时摔了一跤，脚踝肿得像馒头，不能走路。阿古拉心疼额吉，主动跟额吉说要去请拉克申。额吉既高兴又担忧，想了半天，答应下来。昨天早上临行时，她对阿古拉千叮咛万嘱咐，其中重要的一条就是，在哪儿也不要停留。阿古拉牢记着额吉的话，在路上，别人叫他喝水，他拒绝了。有人向他问路，他马不停蹄，把嘴巴闭得紧紧的，问路的人以为遇到了哑巴。直到碰到了难缠的敖嘎，一切都改变了。

草原上的人们都知道，拉克申严格按规矩办事，没有定金他是不会答应放牧的。走在路上的阿古拉想到一个主意：劝说拉克申不收定金，先去夏牧场放牧，钱以后再想办法。

太阳升高了，阳光变得白花花的了。天气开始炎热，阿古拉脱掉上衣，赤着上身，加快了脚步。

四

中午时分，阿古拉走到了赤木伦河河边。过了赤木伦河，就是红石小镇了。春夏冬的赤木伦河是腰肢纤细的少女，夏季的赤木伦河陡然一变，成了粗壮的中年女性了。它水量丰沛，水流湍急，泛着浪花，急速奔涌。

河两岸茂密的水草中间，有各种水鸟鸣叫着起起落落。

阿古拉沿河走了一段，想找到一处窄浅的地方蹚过去。可因为昨夜一场暴雨，河水涨了，平时能过去的地方，现在又宽又深。阿古拉正为难之际，远处响起马蹄声，到了近前，看清是宝音骑着一匹黑色的骏马跑来了。宝音勒住缰绳，停在阿古拉面前。

宝音与阿古拉从小一起长大，阿古拉木讷，宝音却非常机灵。宝音是兽医，总是背着药箱子跑来跑去。他去年险些砸了饭碗，原因是他自己制了一些保胎药给牧民们怀孕的母牛吃，结果导致了母牛的流产。宝音花了很多钱，才勉强把事情摆平。额吉曾对阿古拉说，孩子，离宝音远一点，他太聪明了。别的事情，阿古拉都听额吉的，这个说法，他当作了耳旁风。阿古拉把宝音当作最好的朋友，并且以拥有这样一个能说会道、聪明伶俐的朋友为荣。

此时见到宝音，阿古拉如见亲人，扯开嗓子，呜呜哭起来。宝音没有下马，坐在马背上问，怎么了，阿古拉？阿古拉正要把遇到敖嘎的事情一股脑地告诉宝音。不待他开口，宝音说，朝鲁家的牛难产，我得去帮忙。朝鲁家在河对岸。宝音夹一下马肚子，嘴里嗤了一声，骑马就要过河。宝音的马身如墨染，油光闪亮，体形高大，又长又密的鬃毛飘逸地覆盖着脖颈。

阿古拉把要说的话生生咽回去。他没觉得有什么不好，早习惯了这样的情形。两个人在一起，总是宝音说，阿古拉听。宝音的话又多又好听，阿古拉愿意听宝音说话。阿古拉发现未婚妻索布德也爱听宝音说话。索布德听宝音说话时，眼睛亮晶晶的，听到风趣处，笑得前仰后合，面若桃花。阿古拉就经常带着宝音去找索布德。在那些慵懒的午后，他安静地坐在美发店的椅子上，看着宝音和索布德热烈地交谈。他感觉很甜蜜，仿佛空气中飘荡着奶酪的味道。

宝音骑马蹚到河水里。马在水里行走，发出哗啦哗啦的响声。走出几米远了，阿古拉才想到，应该跟着宝音一起过河。阿古拉说，宝音，等等我。宝音起初没听到，又走了几步，阿古拉又喊，宝音才停住。黑马在湍急地河水里站住了，有些焦躁，晃着脖子，不停地捯着步，河水在马肚子那儿泛起浪花。宝音回过头，不耐烦地说，那你快一些。阿古拉急忙下河，被河水冲击得踉踉跄跄地走到宝音和马那儿，上了马背。

到了对岸，阿古拉从马背上下来，宝音一溜烟跑了。看宝音急吼吼的样子，阿古拉想，朝鲁家的母牛情况真的很紧急呀。

阿古拉突然感觉裤子沉重，向下坠，低头一看，裤子全湿了。原来，刚才着急，连裤子也没有脱。阿古拉提提裤子，紧紧腰带，继续向前走。

到了红石小镇，阳光更烈了，阿古拉走得汗流浃背。正是午睡时间，红石小镇街道上阒寂无人。小酒馆门前的幌子在炙热的空气中飘荡。铺街的青石泛着蓝幽幽的光，仿佛一条曲里拐弯的河。

阿古拉找到拉克申家。还没靠近拉克申的屋门，四条牧羊犬就把他团团围住了。两只牧羊犬在身前摆出进攻的姿势，脖颈贴地，头昂起，龇着尖牙，鼻子上出现褶皱，眼睛射出可怕的寒光，低声吼着。两只牧羊犬在身后截住后路，一只后腿收起，坐在地上，另一只站着慢慢走动。四只牧羊犬的脖子上都带着防狼脖圈。防狼脖圈是牛皮做的，上面有很多尖刺。这让体型本就硕大的牧羊犬看起来，更加勇猛和可怕。

阿古拉浑身抖如筛糠。他把手举起来，做出投降的样子，脸上露出讨好的笑容。这时，屋门开了，拉克申从里面走出来。拉克申头发花白，黑瘦，脸上的皱纹像刀刻出来的，长寿眉下一双鹰眼。拉克申吹了声口哨，四只牧羊犬立即回到他身旁。狗嘴巴都闭紧了，一字排开蹲在拉克申身前。

拉克申打了个哈欠，说，原来打扰我午睡的人是阿古拉呀，你大中午的跑到我这里来做什么？阿古拉擦一把脸上的汗说，额吉让我来请你去夏牧场放牧。拉克申说，好哇，该活动活动孩子们的筋骨了。他蹲下去，挨个摸摸牧羊犬的头。阿古拉说，拉克申爷爷，我跟您商量个事，您看成吗？拉克申站起来，眼睛眯成一条缝，审视着阿古拉。阿古拉鼓起勇气，接着说，今年放牧能不能结束后一起付钱？我保证一分钱都不会少您的。拉克申眼睛一下子睁大了，说，定金呢？没有定金，我是不会去的，请我的人排着队呢。阿古拉一下子不知说什么好了。拉克申说，你的额吉难道没给你定金吗？阿古拉脸上的汗像泉水冒出来。他把手抬起来，试图挡住太阳，也为了看清楚拉克申。拉克申嘴角翘起来，露出不屑的神情，说，你输钱的事，早上就传过来了，最可恨的是，你竟然把马也输掉了。马是咱们蒙古族人的命啊。阿古拉嗫嚅着想说什么，却说不出来。拉克申转过身去，冷冷地扔下一句话，你快走吧，再也不要来找我了，我今年不会去你们那里了。阿古拉还站在那儿。拉克申嘀咕了一句什么，四只牧羊犬又冲着阿古拉吠叫起来，一边叫，一边向前慢慢逼近。阿古拉只得磨头跑出拉克申的家。

重新回到街上，青石板烫脚。阿古拉绝望了。他不知道回去怎么向额吉交代。额吉那么信任他，第一次把重要的事情交给他做，他却搞砸了。额吉怎么面对其他三户牧民呢。那三户牧民如此信任额吉。阿古拉本想为额吉分忧，反而添了乱。阿古拉又思念起扎那来。扎那从来没有离开过它，不知它现在怎么样了。

痛苦像一座大山压着阿古拉。阿古拉喘不过气来。他一筹莫展，不知接下来该怎么做。阿古拉想到了索布德。想到索布德，阿古拉就感到温暖，有了力气。他想，索布德也许会有办法。他认为索布德是和宝音一样的聪明人。

阿古拉朝着索布德的美发店走去。

五

索布德的美发店在街的另一头。街两旁的店铺紧闭，从门缝里传出沉沉的鼾声。阿古拉蹑手蹑脚地穿街而过，像途经人们缤纷的梦境。

阿古拉来到美发店门口，宝音的黑马拴在门前的电线杆上，店门关着。阿古拉立即高兴起来，宝音要是在店里就好了，两个聪明人肯定能帮他想出好主意。他还想把昨天夜里到现在所受的委屈向他俩诉说。阿古拉的眼睛都要湿润了。他被即将要见到亲人的激动鼓荡着。

黑马看了看阿古拉，打个响鼻，仿佛人类不屑地一哼，头扭到一边。

阿古拉上前拍门，笃笃笃的声音在寂静的正午听起来，有些惊心动魄。里边传出窸窣的声音，还有瓶子罐子被撞翻的脆响。过了好一会儿，门开了。索布德头发蓬松，眼神有些慌乱地站在阿古拉面前。阿古拉看看索布德的身后，宝音坐在椅子上，赤裸着上身，脸上表情僵硬。

三个人都不说话，愣在那儿，阳光像火苗在耳边燃烧。阿古拉觉察到似乎有些不正常，可有什么不正常呢，他也说不好。就像这不正常被浓雾裹挟着，阿古拉只能模模糊糊看到，却看不清。

阿古拉突然想起一件事，问宝音，朝鲁家的母牛怎么样了？宝音的脸像冰似的融化了，先小声地笑，后来大声地笑起来。他说，没事了，产下一头黑白花小乳牛。阿古拉也松了一口气，说，长生天保佑。索布德把门开大了一些，阿古拉进到店里。

宝音从椅子上起身，拿起搭在椅背上的衣服穿上，边穿边对阿古拉说，我有事，得走了，你跟索布德聊吧。说完，他旋风似的走出美发店。不一会儿，青石板街上响起嘚嘚的马蹄声，由大及小，直至消失。

索布德收拾碎了一地的洗发水瓶。粉红色的黏稠的洗发水涂在地上。索布德弯腰清理碎玻璃片，宽大的衣服里，白皙的乳房一跳一跳的。阿古拉赶紧挪开眼睛，看着对面的一面镜子。镜子里的阿古拉吓了他一跳，他脸上挂满汗渍，胡子楂钢针般立着，一夜未睡，眼睛布满血丝，嘴唇皱裂，结着死皮。

索布德一瘸一拐地收拾完，用皮筋把头发绾起来，坐在阿古拉的对面。阿古拉正要把昨夜到现在的委屈说给索布德，不待他开口，索布德叫了一声阿古拉，叫完，用从来没有过的眼神看着阿古拉，看得阿古拉心里发慌。索布德说，阿古拉，我要跟你说一件事。阿古拉点点头。索布德说，阿古拉，我，我——

阿古拉盯着索布德粉嫩的嘴唇，正期待那里说出什么话来，门外响起脚步声。是阿来夫，索布德的阿布，黑熊似的身躯几乎是扑进来的。阿来夫见到阿古拉，眼睛里放出喜悦的光芒，押起阿古拉就走。索布德说，阿布，我正要跟阿古拉说事。阿来夫说，现在，什么事也没有我那一亩地的麦子事大，再不割，都烂在地里了。阿古拉还没反应过来，已经被阿来夫多毛油腻的大手牵着，来到了街道上。

阿古拉跟着阿来夫离开街道，来到小镇边上的一片麦田里。这是一片沙地，以前长满了杂草，现在被阿来夫开垦出来，种了一小片麦子。麦子成熟了，麦秆金黄，麦穗饱满，挤挤挨挨，发出铜钱一样的哗啦哗啦声。空气中弥漫着麦粒的香味儿。

阿来夫递给阿古拉一把锋利的镰刀。镰刀的刃口挂着割碎了的阳光。阿来夫说，阿古拉，好心的人，你赶紧割麦子吧，天黑前都割完，否则你就别去找索布德了，我们索布德可不希望她未来的丈夫连一片麦子都割不完。说完，阿来夫就到地头的一棵红柳树底下睡觉去了。不一会儿，就打起了鼾。

正是一天中最热的时候，阿古拉还没干活，浑身已经被汗湿透，皮肤被太阳灼烧得生疼。自从和索布德订婚后，阿古拉帮着阿来夫做了数不清的活：修补围栏、挖牛粪、割牧草、剪羊毛、给马削蹄子……割麦子还是头一回。

阿古拉想起额吉说的话，眼是懒蛋，手是好汉，再繁重的活计，做起来就不发愁了。阿古拉深吸一口气，站在麦田中间挥舞起镰刀来。刚开始割得很快，听到镰刀割断麦子的唰唰声，阿古拉甚至有一种快感。后来，割得越来越慢，汗水糊着眼睛，每割一把麦子就要擦一下眼睛。手上磨出了泡，泡破了，露出嫩肉，嫩肉被镰刀柄硌得刀割一样痛。锋利的麦茬刺着他的脚踝，尖锐的麦芒扎着他的前胸。脚踝和前胸都布满了细小的伤口。伤口又被汗浸透，如同撒盐，更疼了。

在烈日下割麦的阿古拉就像在受着一种酷刑。他咬牙坚持着。他真怕阿来夫说的那样，割不完麦，再也不让他见索布德了。

阿来夫偶尔从树下醒来，看看阿古拉的进度，然后又沉沉睡去。

在黄昏到来之前，阿古拉终于割完了最后一棵麦子。看着满地倒下去的麦子，阿古拉像在战场上浴血奋战的最后一名战士，看看周围敌人的尸体，再也支持不住，轰然倒地了。他累瘫了。

阿来夫把阿古拉拖到红柳树下。阿来夫让他喝了一大口水。阿古拉听到水流过喉咙、食道、胃、肠，就像流过干裂的土地,发出沙沙声。

歇了一会儿,阿古拉慢慢缓过来。阿来夫眨着狡黠的快活的眼睛说,阿古拉,快去找索布德吧,她还等着你呢。

阿古拉离开阿来夫和他的麦田,拖着疲惫的身躯,踏着迷蒙的光线走进索布德的美发店。索布德背对着他,像个雕像似的坐在椅子上。阿古拉想去抱抱索布德。自从订婚以后,他是抱过索布德的,感受过索布德的柔软和丰腴。那是他抱过的最美好神奇的事物。抱过之后,所有的烦恼和劳累似乎都消失了。

此时此刻,阿古拉比任何时候都需要索布德的拥抱。他向索布德走去,伸出手要拥抱索布德。他已经闻到了索布德身上的香味儿,手触碰到了索布德轻柔的衣衫,可是索布德推开了他,并且从椅子上站了起来。站着的索布德因为一条腿长一条腿短,就形成了一个肩高些,一个肩低些,仿佛随时要摔倒的样子,可是她站得很稳。索布德看着阿古拉,流下泪来。阿古拉看到索布德流泪,心就抽搐地疼起来,自己的眼泪也流下来。

阳光透过窗子,照在墙上,像在那儿烧着了一样。阿古拉的耳朵里仿佛响着毕毕剥剥的火焰声。索布德用纸巾擦干眼泪,又擤了擤鼻涕,用颤颤的声音说,阿古拉,你是个好人,我不想再骗你了,我和宝音好上了。阿古拉一脸迷茫,眼睛瞪得溜圆,没听明白意思。他说，你跟宝音怎么了？索布德愤怒地说，傻瓜，我要跟宝音结婚了，我们分手吧。

阿古拉这回听清了，感觉自己像一棵树突然毫无预兆地被雷电击中，浑身焦枯，头上还冒着烟。

索布德说，你走吧，再也不要来找我了。说完，索布德转过身去。阿古拉又在屋地上杵了一会儿。应该说点什么，可是阿古拉心潮翻涌，却不知道该说什么。或许应该把摆在桌上的一排洗发水瓶推到地上，或许应该打索布德几下，或许……阿古拉只是想想，什么也没做，笨拙地转过身，转过身的一瞬间，阿古拉眼前黑了一下，然后重新亮了。

迈过美发店的门槛，阿古拉想起来该说什么了，应该问问索布德，定亲时额吉送到她家的五头牛和二十只羊怎么办。可是还没回过身，索布德已经关上了门。

六

阿古拉脚步绵软地走在红石小镇的街道上。他像刚出生甫一落地的小羊羔，颤颤巍巍，几乎摔倒又勉强撑住。力气像汗水一样从他身体里流走了。

黄昏即将来临，阳光变得温柔了。街道上弥漫着雾一样的清凉，行人开始多起来。熟识的人见到阿古拉就问，阿古拉，那个蹩脚的兽医宝音没跟你在一起吗？阿古拉不说话，低头看着自己被麦茬扎烂的鞋慢慢走。他的耳旁像水的波纹一圈圈回荡着索布德的声音：我们分手吧，我们分手吧，我们分手吧……

比起宝音和索布德的背叛，他更伤心的是他们抛弃了他。他想起以往的时光，和宝音、索布德在一起的情景：在索布德的理发店，三个人热烈地交谈，确切地说是宝音和索布德交谈，在安达小酒馆三个人一起喝酒，在赛罕电影院三个人一起看电影，在月白风清的夜晚，三个人一起散步……从此，再也不会有那样的美好时光了。他感到了前所未有的孤单。这孤单还伴随着恐慌。曾经占据着他生活大块空间的宝音和索布德，现在抽身而去，他的世界空虚了，坍塌了。他甚至听到了身体内部或者其他什么地方传来的，轰隆隆的如同雪崩一样的声音。

阿古拉离开红石小镇，走到赤木伦河河边，坐着一辆路过的三轮车过了河。黄昏降临了，西天边起了火烧云，那下边的草原成了金黄透明的，恍若深秋。成群的牛羊挺着大肚子走在归家途中。夕阳的光芒在它们的耸动的背上跳跃。骑马的牧人懒散地跟在牛羊屁股后边，偶尔吆喝一声企图离群的牛羊。

阿古拉看到牧人的马，想起了扎那。扎那离开他已经一天了。这一天如同一个世纪那么漫长。现在，阿古拉比任何时刻都思念扎那。那思念像无数只蚂蚁啃咬着他的骨头，让他无法忍受。他迫切地想知道，没有阿古拉的一天，扎那是怎么度过的，它适应敖嘎肮脏的围栏吗？吃得好吗？喝得好吗？挨没挨蚊虫叮咬？会不会想起狠心的阿古拉？……

阿古拉心里火烧火燎，涌起一股强烈的渴望，他要立刻见到扎那。

阿古拉提起一股气，加快脚步向敖嘎的蒙古包走去。偶尔，他被拉拉蔓草绊倒，结结实实地摔在地上，立即爬起来，继续走。

到了敖嘎的蒙古包，阿古拉远远地看到扎那并不在围栏里。阿古拉的心一下悬起来。他扑扑跌跌地跑到围栏前，看到扎那趴在地上。阿古拉百感交集。扎那眼睛看着别处，没有看见他。阿古拉撮起嘴唇，轻轻打了个呼哨。扎那转过头来，看见了阿古拉，眼睛立即亮了，像燃着了一团火。扎那挣扎了几下，站起来。它扑到阿古拉身边，隔着围栏，把头伸进阿古拉怀里，伸出舌头舔阿古拉的脸。阿古拉发现它瘦了，脸变得又尖又长。阿古拉眼泪唰地流出来了。他紧紧地抱着扎那的头。他恨自己，昨晚为什么没有勇气离开敖嘎他们。他在心里骂着自己，骂自己是胆小鬼。

阿古拉看了看敖嘎的蒙古包，那里静悄悄的，一点声音也没有。阿古拉有了一个大胆的决定。他悄悄地打开围栏门，把扎那牵出来，顺着草原上的小路跑起来。

西天边的火烧云消退了,像被匆匆赶来的夜神收了起来。太阳只剩一个边缘,即将坠入地平线。草原上的光线暗了些,凝重了。跑出来的扎那四蹄翻飞,高兴坏了。不是阿古拉牵着它,反倒是它牵着阿古拉往前跑。自由的风吹拂着阿古拉和扎那,阿古拉忘却了从昨晚到现在自己所受的耻辱,忘却了宝音和索布德。阿古拉想,好在还有扎那陪伴着他。

跑出没多远,迎面响起摩托车声,阿古拉牵着扎那还没来得及躲藏,就被仿佛从地下冒出来的三辆摩托车围住了。阿古拉一看,骑着摩托车的正是敖嘎、高个儿和连鬓胡子。敖嘎面如生铁,高个儿和连鬓胡子发出如同围住猎物的印第安人一样的长啸。摩托车发出一波一波刺耳的轰鸣。阿古拉又气又恨,又惊恐万分,仿佛站在悬崖边上。扎那躲在阿古拉身后。

三个人支上摩托车,逼近阿古拉和扎那。敖嘎拎着一根粗大的鞭子,鞭梢下垂,悠悠地颤。敖嘎一使眼色,高个儿和连鬓胡子上前从阿古拉手里一把夺了扎那的缰绳,把扎那硬拉了过去。阿古拉要抢回来,被高个儿一脚蹬倒了。阿古拉爬起来,又去抢,又被连鬓胡子一下子推倒。如此反复,阿古拉疯了似的要把扎那抢回来。倒地的过程中,他的鼻子破了,流出血,涂了满脸,看上去很吓人。阿古拉的拼命和执着让高个儿和连鬓胡子都犹疑了。不知被打倒几回了,当阿古拉又一次倒地，迟迟起不来时，高个儿对着敖嘎说，要不，把这笨马给他吧，有什么用呢？敖嘎眯起眼，痛心地说，你们不知道，这个蠢货在赛马比赛中耍宝，让我的新西兰纯血赛马折断了腿，那是我借钱买的，钱赔光了，我一时糊涂拦路抢劫。我今天这样惨都是这蠢货害的，我不会放过它的，我要好好折磨它。

扎那一下一下扬着头，四腿乱蹦，围着牵着缰绳的连鬓胡子打着转。

躺在地上，筋疲力尽，散了架子的阿古拉听到敖嘎这样说，觉得他说得不对，事情不是这样的，那匹赛马在比赛中腿折的事他知道，跟扎那一点关系也没有，可他现在大脑一片混沌，不知怎么反驳他。

接下来发生了让阿古拉椎心的一幕。连鬓胡子拽着扎那，敖嘎用鞭子使劲地抽打起它来。鞭子在空中打着卷发出脆响，抽在扎那的皮肉上发出噗噗噗声。几鞭子下去，鞭梢就向下滴着血珠。扎那摇摆跳动，发出一声接一声地哀鸣。

那鞭子像抽在阿古拉身上，阿古拉顿觉浑身皮开肉绽，被打得灵魂也出了窍。他想站起来，可是高个儿的一只脚踩在他背上，让他动弹不得。他在地上旋磨，身下的草都烂了。他大声哭起来，嘴里呜呜噜噜地说着什么，一会儿叫敖嘎，一会儿叫扎那，一会儿叫额吉。

后来，阿古拉就不出声了，用头一下一下捶着地。

夕阳整个落下去了,只留一抹殷红,阿古拉不再挣扎,趴在那儿一动不动了。

七

一团一团的浓雾像水在草原上缓慢地流淌,似乎能听到哗哗的响声。草原上到处白茫茫一片。花草树木和弯弯曲曲的道路,全被裹挟在牛奶般洁白的雾里,消失了。阿古拉在浓雾里穿行。他辨别不清方向,在雾里没头苍蝇似的乱窜。阿古拉急得满头是汗。这时,阿布从雾里钻出来,站在不远处,向阿古拉招手。阿布面容年轻,比阿古拉大不了几岁的样子。阿古拉朝阿布走去。阿布转过身,轻轻地走向浓雾深处。阿古拉紧紧地跟着他。有一瞬间,阿布消失了,仿佛阿布也是雾,融化在了雾里。后来,阿布重新在雾里现身,像他开始出现时一样突兀。走了一阵,雾变得稀薄了,阳光照进来,越来越亮堂。后来,雾完全消失了,整个世界明亮得耀眼。阿布笑吟吟地看着阿古拉。阿古拉说,阿布,我再也不走了,就在这里生活了。阿布微笑着点点头,牵起阿古拉的手,向金灿灿的阳光中走去。可是阿古拉的后背突然痒起来,他松开阿布的手,伸手抓后背,越来越痒,越来越痒……

阿古拉醒来了,翻身坐起,原来是一只土拨鼠钻进了衣服里。阿古拉抖了抖，土拨鼠跳进草丛里跑了。阿古拉重新躺在地上。四周一片黑暗，天上是点点的星光。阿古拉仿佛漂浮在夜晚的海洋上。

他花了一点时间，搞明白了自己身处何地，以及为什么会这样。他想起了扎那，四下望望，哪里有扎那的影子，只有站在黑暗中的一些树。他更痛苦了，甚至有些憎恨那只土拨鼠，如果不是它捣乱，自己也许永远不会醒来，就此沉沉睡去。那样，痛苦就再也不能占有他了。

生活从来没有像今天这样在阿古拉面前张开血盆大口。昨晚到现在的一幕幕，在他脑海里像电影一帧帧闪过：一万块钱、宝音和索布德、扎那以及扎那被无情地鞭打。每一个镜头都让他的心滴血。他无法忍受，大脑要爆炸，胸口憋闷无法呼吸。他太痛苦了，憎恨起这狰狞的生活。和眼下的痛苦相比，他倒十分想念刚才躺在地上无知无觉的时刻。

他想起梦里见到的阿布。阿布已经很多年没有走进他的梦里了。阿古拉几乎已经忘了他的样子。阿布在阿古拉七岁那年跟女贩子私奔后的第二年春天就回来了，被女贩子用汽车运回来的。据女贩子说，离开草原后，他终日闷闷不乐，夜里噩梦连连，最后把自己挂在了一棵树上。让阿古拉印象深刻的一个是额吉，她平时经常咒骂背叛她的阿布，可是见到了阿布的尸体，她哭得撕心裂肺；另一个是阿布的表情，阿布躺在汽车车厢里，脸像睡着了一样平静，甚至有丝丝的笑意从紧闭的眼睛和嘴角漾出来。他像是占了天大的便宜，去了一个活人永远无法到达的美妙幸福的地方。尘世间的一切烦恼再也不能袭扰他了。

阿布离世后的安详容颜在这个夜晚异常清晰地浮现在阿古拉眼前。阿古拉想，此时梦见阿布，也许有特别的预兆。他听老人说，一个人即将辞世的时候，已经过世的阿布额吉就会来接他。他们会牵着他的手，引领着他，共赴天国。

阿古拉突然对死亡充满了渴望。这世上已经没有什么值得留恋了。扎那、宝音和索布德已经离他而去。死亡或许是远离痛苦最好的方式。死掉之后，羞辱、欺凌、背叛、欺骗再也不能伤害阿古拉了。想到这里，阿古拉甚至要笑起来，像一个始终的失败者，终于扳回了一局。他感觉轻松了许多，慢慢站起来。

月亮升起来了。月光洒在草原上，草原变得朦胧神秘起来。一片寂静，连虫子站在草尖上都不发出声音。草原和草原上的万物，在这一刻变成了噤声的旁观者，等待一个宏大而庄严时刻的到来。

阿古拉在黑暗中，找到一些柔韧的草，编成了一条草绳。他拿着草绳来到一棵树旁。他把草绳挂在一根粗壮的树枝上，拴了个套，双手握住草绳，把下巴探在草绳上。草绳上的草毛毛一下一下刮着他的下巴,像是对他温柔的引诱。

即将踮起脚,将下巴伸进绳套的一刹那,他想起了额吉。那个坚强的女人不会想到,她的儿子会以这种方式结束自己的生命。阿古拉又流下泪来。他对着家的方向,默默地说了声对不起,然后把头伸进绳套里。

天似乎暗了一下,月亮快速地穿过一小片云彩,接着又明亮了。

草绳慢慢收紧,阿古拉的呼吸越来越困难,耳朵里响起赤木伦河水般的响声。血液倒流进大脑里,在大脑里左奔右突,像要从眼耳鼻口喷出来。头顶的星空如同涡流一样旋转起来。四面鼓荡的风,把他的身体吹得像一条风干的萝卜东摇西晃。

呼吸阻滞的感觉突然消失了,阿古拉感觉身体在慢慢缩小,像被压进了一枚核桃壳里……

一群狗的吠叫声。在他的残存的意识里,他想的是,怎么是狗,阿布在哪里,阿布没来迎接他吗?

醒过来的阿古拉看见拉克申和他的四条牧羊犬围在身边。阿古拉知道是拉克申救了他。他没有丝毫感激,反而怪拉克申多事。阿古拉感觉脖子勒得生疼,摩挲几下,咳起来。咳嗽停住了,痛苦又像泥淖淹没了他。拉克申说,算你命大,要不是我遛狗,你就完蛋了。阿古拉呜呜哭起来。哭一阵,停下,说,拉克申爷爷,我太苦了，活不成了。拉克申说，怎么就活不成了？阿古拉说，我把给你的一万块定金弄没了，没法跟额吉交代，额吉没法跟其他三户牧民交代。拉克申矮下身子，盘腿坐在地上，说，这个好办，定金我先不收，你跟我去夏牧场放牧，这一万块就算我付你的工钱，我的老寒腿犯了，今年腿脚不是很利索。阿古拉说，还是不行，我还得死，我最好的朋友宝音背着我跟我未婚妻好上了。拉克申说，这个我可帮不了你，我自己都没有女人。不过，你看我一辈子没有女人，生活得不也很好吗？阿古拉说，还有我的扎那，它正被敖嘎虐待，也许杀掉都有可能。敖嘎冤枉它了，他的马折断腿不是因为扎那，是因为奔跑时马腿插进土拨鼠洞里了。我现在才想起用这个反击敖嘎污蔑扎那的话，我总是事情过后才想起该说什么，我是不是个傻瓜。拉克申说，你不是傻，是你太善良了，阿古拉，做坏事的人总会找到理由，他们也会受到惩罚的，长生天看着呢。阿古拉说，拉克申爷爷，你看，再也没有比我悲惨的人了，你不要救我了，你走吧。阿古拉捡起断了的草绳，重新编起来。拉克申哼了一声，说，你惨，我知道有一个人比你还惨。阿古拉抬起头，盯住拉克申，拉克申脸上的月光像火苗在跳动。拉克申叹一口气说，这个事也和我有关。乌日根两口子想要个孩子，正好巴图家的第四个女孩儿要出生了，他家想要个男孩儿，就想把这个孩子送人，我知道消息后，跟乌日根说了，乌日根同意要了。可今天傍晚，女孩儿就要出生了，乌日根反悔了，不要了，巴图家也急了，说当初乌日根要是不答应要这个孩子，人家就打掉了，他们也不要这个孩子。两家吵得很凶。我夹在中间，很为难哪，急得牙花子都肿了。你说这个孩子是不是比你惨，刚一出生就被抛弃了，一口奶还没吃上，一口水还没喝上。阿古拉认真地听着。听完，阿古拉想了一会儿，说，拉克申爷爷，这个小女孩儿我养，我要做她的阿布。拉克申说，你做不了她的阿布，你都是要死的人了。阿古拉把草绳扔得远远的，说，我不死了，我要做这孩子的阿布。拉克申摸摸把头伸到他怀里的牧羊犬，笑了。

八

阿古拉跟着拉克申和他的四只牧羊犬朝着巴图家走去。阿古拉打量月光笼罩的草原，分外亲切，有了重生的喜悦。刚才死静的草原，现在变得鲜活了。各种虫子叫起来，野兔和土拨鼠在草丛里窜。野花在夜风中摇曳，香气充盈着鼻孔。

拉克申、阿古拉、四只牧羊犬形成一支浩大的队伍。他们的脚步声如同一条溪流，在夜幕下的草原上静静地流淌。

巴图家不远，一会儿就到了。他家的蒙古包在一个坡顶上。包里透出灯光和闹哄哄的声音。仔细辨别，这声音里有男人的呵斥、孩子的争吵，还有女人低低的啜泣。拉克申示意阿古拉在包外等，他进到包里。

离开主人的四只牧羊犬有些焦躁，围着阿古拉打转。阿古拉蹲下身子，梳理一只灰色牧羊犬的毛。

拉克申出来了，小心翼翼地抱着一个毯子。阿古拉的心猛烈地跳起来。拉克申走到近前，揭开毯子，让阿古拉看。阿古拉看见毯子里包裹着一个婴儿，毛茸茸的粉红的小脸，濡湿的黑黑的头发，眼睛和嘴紧紧地闭着。

拉克申咧一咧嘴，说，这孩子危险了，刚生下来，有微弱的心跳和呼吸，就是不会哭。咱们抱着她，在草原上走一走，希望她能哭出来，活下去，要是一直不哭，就得扔掉了。阿古拉的心沉下来。拉克申说得不错，这个婴儿真比自己还惨。阿古拉想呵护她，做她阿布的心愿更强烈了。阿古拉想做一个好阿布，至少要比他自己的阿布强。阿古拉印象中很少有和阿布在一起的温情时刻。那是一个沉默而忧郁的男人。他跟女贩子私奔之前，常常带着点厌烦地望着阿古拉。

阿古拉跟着拉克申，拉克申抱着婴儿，四只牧羊犬跟着阿古拉。牧羊犬们对这个高高瘦瘦的年轻人产生了亲切感，寸步不离地跟着他。他们缓慢而沉重地走在草原上。

月亮升到了天空的正中央，月光更加明亮和皎洁，草原的景致明显清晰了。在月光下，一切都变得魔幻和朦胧起来。飞蛾的翅膀闪闪发光。蒲公英的绒毛晶莹剔透。一些树木似乎活了，在悄悄移动。

拉克申走一会儿，掀开毯子，看看婴儿，然后叹口气，摇摇头，继续走。后来，他索性把毯子敞开着，让月光，让夜晚沁凉的空气，让青草和野花的香气，沐浴着婴儿。

婴儿还是不哭，拉克申生气了，轻轻地拍打婴儿的屁股。还是没有效果，婴儿的嘴像是缝在一起，发不出一点声音。

走了很久，走到两棵高高的白桦树下，婴儿仍然安安静静的。拉克申把耳朵贴到婴儿的脸上。听了一会儿，拉克申抬起头，看着阿古拉，悲哀地说，这个孩子不行了，埋在这棵白桦树下吧。

阿古拉蹲下去，脸埋在膝盖上，无声地哭起来，为了婴儿，也为自己，为世间一切遭受悲惨命运的人。拉克申说，阿古拉，那儿有一把铁锹，挖坑吧。阿古拉站起来，看到白桦树下果然立着一把铁锹，许是哪个牧人丢到那里的。阿古拉用铁锹掘开草皮，很快挖好了一个坑。坑不大，但是埋婴儿足够了。拉克申把婴儿轻轻地放进坑里。饶是拉克申一辈子见过数不清的苦难，也还是为这个婴儿伤心，能看到他脸上挂着淡淡的泪痕。泪痕反射着月光。拉克申的脸就像涂了一层银粉。

拉克申说，孩子，动手埋吧，埋得深一点，不要让狼和野狗发现她。阿古拉拿起铁锹，挖了满满一锹土，就要埋到婴儿身上。土就要扬起来的时候，阿古拉把锹从空中收回来了。他放下铁锹，说，我抱抱她，我说过要做她阿布的，我想在她离开前，给她一个拥抱。

阿古拉跳到坑里，抱起轻如鸿毛的婴儿，站在白桦树下。月光透过白桦树的枝叶，在婴儿的脸上形成点点光斑。阿古拉怜爱地看着婴儿。婴儿的脸像春天的还没有绽放的花蕾一样沉静。阿古拉把下巴小心翼翼地贴在婴儿的脸上，他硬硬的胡子扎在婴儿娇嫩的肌肤上。婴儿身上奇妙的气息钻进他的鼻孔里。奇特的事情发生了，婴儿颤抖了一下，仿佛从睡梦中醒来，打了个挺，哇的一声哭起来。先是小声，声音在口腔中打转，而后响亮地哭起来。哭声响彻了草原。阿古拉的心嘭的一下扬起来，全身的汗毛孔都开了。拉克申也兴奋地叫了一声。哭了一阵，婴儿安静下来，睁开眼睛，小眼睛漆黑如墨，却如星星一样闪亮。她抿着小嘴儿，发出吧唧声，小眼睛亮亮地看着阿古拉。阿古拉把婴儿紧紧地抱在胸前。他感受到了她的小心脏强有力的跳动。

这一幕，他如此熟悉，如同十年前，他抱着刚出生的扎那的那一刻。

阿古拉把手伸到婴儿嘴边。婴儿一下子把他的手指含住了，用力地吮吸起来。阿古拉欣喜地对拉克申说，她饿了，我得回家喂她了。

阿古拉不管拉克申了，抱着婴儿，奔跑起来。他身上所有的伤痛都消失了，迈开两条大长腿，在月光下，跑得飞快。婴儿的耳边响起了呼呼的风声。

7月初的夜晚，明晃晃的月光下，草原上的万物见证了这样一个奇异的时刻：一个男人抱着一个婴儿风似的跑过。

随着阿古拉的身影在草原上渐渐消失，如同一道光，如同一缕夜色，融入月光盈盈的夜晚，他饱受摧残永生难忘的一天结束了。

九

我就是那个婴儿。现在，我已经七岁了，能够像一条小狗一样帮着阿古拉赶牛羊了。我懂事以后，阿古拉把接我那一天发生的事情原原本本地讲给我听。阿古拉对我讲时，我做出同情或者愤恨的表情。其实，我更关注的是，当我被放进坑里的那一刻，蚂蚁是否爬到了我的脸上。我知道草原上有一种蚂蚁，它们颜色漆黑，个头大，有坚硬的前颚，咬人可疼了。

阿古拉说后来还发生了一些事。

阿古拉把我抱回家，额吉没有反对，只是表明有数不清的活计等着她,她可没时间照顾我。阿古拉就抱着我和拉克申一起去了夏牧场。在夏牧场,我每天都能喝上新鲜的羊奶。因为总有母羊生羊羔。驴驹子打滚似的,我长得很快。放牧结束以后,我已经能够翻身坐起来了。阿古拉说我的小脸儿像格桑花一样红润,我的嗓门儿像拉克申的牧羊犬一样响亮。

回到家里,还有更大的惊喜等着阿古拉——扎那回来了。原来,敖嘎他们被治安大队抓了,钱被敖嘎挥霍了,警察把扎那送了回来。

阿古拉见到扎那,高兴得像个孩子,又是跳又是叫,又是哭又是笑。可是,扎那的状况并不好,身体的伤口化脓了,蔫蔫的,一点精神也没有。阿古拉找草原上最好的兽医(当然不是宝音),给扎那治病,还是没能治好。在一个深夜,扎那倒在地上,再也没站起来。在扎那离世的最后时刻,阿古拉抱着它的头,把脸贴在它的头上。扎那在阿古拉的怀里,咽下了最后一口气。

阿古拉把扎那埋在了白桦树下。

我知道,阿古拉一直没忘掉扎那。每当黄昏,草原上暮色弥漫,即将赶着牛羊回家的一刻,阿古拉会望着西边的落日发呆。他坐在草地上,身体像剪影,一动不动。我知道,他在思念扎那。他想起了和扎那在一起的欢乐时光。

我想我或许是阿古拉的慰藉。我头上戴着一圈野花编织的花环跑过去,跌进他的怀里。阿古拉看到我,脸上有了笑容。我说,阿布,我要骑大马。阿古拉站起来,抱起我,把我放到他宽阔的后背上。

天空深邃宁静,恍若大海。大地苍远辽阔,一望千里。草原上是夏末秋初的时节,一场颜色的盛宴徐徐拉开大幕,草原正变得五彩斑斓。哈斯山像个沉默的巨人站在夕阳下。晚霞的光芒在草尖上跳着热烈的舞蹈。一种宏大庄严的情感在我心中升起。我仿佛听见从天空深处,从大地内部,传来轰隆隆的响声。那是宇宙的旋转,或者是时间正在消逝。

阿古拉背着我跑起来,脚下腾起一溜烟尘,越跑越快。在朦胧的夜色中,我发现阿古拉的身体发生了奇异的变化:他的背弯下去,耳朵伸长,脖子上长出浓密的鬃毛,屁股变得饱满圆润并且耸动起来,他的身上散发出腥膻的味道……他变成了一匹马。

我伏在阿古拉背上,紧紧攥住他的鬃毛,伴随着他战鼓一样巨大的心跳声,奔向广袤的草原。从时间深处吹来的风在我耳边刮过,唤醒我生命最初的记忆,仿佛重新回到了七年前,阿布接我的那一天,那个月光满天的夜晚……

吃土豆的人

一

七天之后,王山再一次嗅到了苦艾草的气味。那气味有点香,有点润。他喜欢这个味道,猛地把鼻子杵到苦艾草的叶子上,贪婪地嗅着,干瘪的肚子起起伏伏,让那气味冲进五脏六腑里游走。多日来,散了黄儿的鸡蛋一样混沌的脑袋被那气味开了窍,他清醒地感觉到了重生的狂喜。他抽泣起来,呜呜噜噜,鼻涕和眼泪弄湿了整株苦艾草。

过了一会儿,他甩掉了压在身上的最后一坨土,摇摇晃晃地站了起来。王山出土了。是的,他像一个千年文物从土里钻出来,重见了天日。从土里刚露头的那一刻起,他就一直闭着眼睛,这是出于职业的习惯。现在,他站定身子,睁开眼睛,没想到映入眼帘的不是预想中的满世界的阳光灿烂,而是黑魆魆一片深井中一样的黑暗。他产生了错觉,以为自己还没有逃离那个地方。可苦艾草的气味明确地提醒他,他已经到了地面,重回了人间。他在心里一阵哀叹,以为眼睛瞎了。等他的眼睛适应了黑暗,清冽的空气浸润了眼睛,眼睛感到了凉爽,看到了满天灿灿的一闪一闪的星星,他才知道眼睛没有瞎,现在是夜晚。

确切地说,是北方旷野深秋的夜晚。北方的深秋和冬天没什么两样,气温很低,万物枯索。寒凉像冰水一样漫漶过来,一下子就刺穿了王山的薄衣烂衫,迅速淹没了他的肉身。不过,比起过去几天王山所受的苦,这点冷算得了什么呢?他抬头看了看夜空,天上除了碎爆米花似的星星,月亮连鬼影都没有。时间应该是后半夜,南边是村庄的地方融在夜里漆黑一团,没有一点灯光。王山的家就在南边,他紧紧地盯着那里,感觉到身体里有个小火苗瞬间燃烧起来,把他的血烧得滚烫。他努力辨别着漆黑中他的三间屋的位置,百感交集,泪水又一次溢出眼眶。从土里钻出之前的那些日子,也就是他闷在黑暗中的那些如同地狱般的日子,他从来没敢奢望过还能再回到那里。

他迫不及待地朝向南边迈开步子。他一步还没有走成,就重重地摔倒在地上。摔倒是无意识的,一点防备也没有,他的脸朝下结结实实地摔了下去。这七天,他没有吃过一丁点像样的食物,没有喝过一口清凉的水,他的身体垮掉了,叫力气的那个东西从他身体里消失了。刚才的那阵兴奋劲耗尽了他最后的力气,现在他虚弱到了极点。他感觉到口里发咸,用手一抹,湿湿的,是血,血里还混着颗粒状的东西,是牙齿。他把牙齿捏在手里,用手一搓,牙齿像糕点一样酥软,变成粉末了。他又气又愕,想抬起手来,击打土地,恨自己怎么可笑得就像刚出生的骡马一样不会走路了,恨自己过去钢筋一样的牙齿,可以连续嗑开一箱啤酒瓶盖的牙齿,怎么像豆腐一样松软了。可他又停住了,他怕手掌像牙齿一样会脱落。牙齿掉了没关系,可以吃稀粥烂饭,手掌没有不行,还得做活呢,还得活人呢。他怀疑起自己的身体,怀疑他们是不是还属于自己。他甚至怀疑自己是不是还活着。他焦灼地想弄清楚现在像死狗一样卧在这里的到底是谁,是那个四十五岁,有老婆和儿子的男人,还是一个已经死去、心有不甘,还在人间游荡的魂魄。

寒意一阵紧似一阵地压上来。他的思绪在寒意汇成的浓重空气里飘荡。他听老年人说,活人有影儿,死人没有影儿。他偏着头想看看自己有没有影儿,可是只看到比黑暗更黑的黑暗。他立刻为自己可笑的想法笑了。一咧嘴的瞬间,他获得了答案——他还活着。因为一咧嘴,干裂的嘴唇伤口抻开,他感觉到了疼痛,那疼痛是那么的新鲜和可喜,足以证明他还活着,刚刚从鬼门关归来。

可活着有什么用呢？他像一摊烂泥似的，一动不能动。他的大脑又不受控制地迷糊起来，他想就在这儿歇上一歇，等天亮人们就会发现他。他又强烈地意识到不能歇，歇下了可能就永远歇下了，明天早上，人们只能看到他冰凉的尸体。那这之前所有的苦难都白白忍受了。如果早知道会死在这里，那当初何必挣扎呢，和工友们一起死在井下算了。不能死，不能死——他身体里仿佛有个倔老头使劲对他吼。他腿用力抵着地，手肘弯曲撑着，支起半边身子，费力地翻过来，这样他就仰躺在地上了。他强睁着眼睛，望向深邃的夜空。夜空像一床大棉被撑在头顶，蓬蓬松松，厚厚实实，密不透风。星星像贴在棉被上的亮晶晶的小花。

二

不知过了多久，他感到脸上被一个黏热柔软的东西舔来舔去，耳朵里涌进呼哧呼哧的喘息声。他睁开眼看到了他再熟悉不过的一个身影，是黑子。黑子坐在他身边，眼睛在暗夜里发着光，低头对着他，如同舔舐骨头一样耐心地舔着他的脸。王山一下子把黑子的头搂过来，把脸紧紧地贴在黑子的脸上，感受着黑子的腥膻和温热。王山想，当年自己救了黑子一命，现在黑子也是来救他吗？真是一条好狗，有灵性的狗，平日里没白疼它。

　　黑子是八年前王山从一家狗肉馆带回来的。八年前那个中午，在狗肉馆门前，锅里的水已经烧得滚沸了，黑子的脖颈已经被套上了绳子，狗肉盛宴即将开始。王山刚好经过，立刻被黑子的惨叫吸引了，那叫声如泣如诉，让人心颤。王山走上前，掏出一百块钱，买下黑子，牵了回来。

　　王山又看看天，估摸着离天亮还有五六个小时。他想，他不能在这儿坐以待毙。他想喊，大声地喊，发出动静，惊醒那些夜里沉睡的人，告诉他们自己没有死，回家来了。他张大嘴，却没有发出任何声音，反而嗓子里一股腥甜。他哀哀地闭上嘴。他不知道自己身上还有哪个零件能像从前一样好用。黑子用头拱着他，蹭着他，似在催促着他。

　　过了一会儿，回家的热望、立即见到亲人的急切鼓荡着他。他感觉力气像小溪一样一点一点从四面八方流过来，在他的身体里汩汩作响。他先是坐起来，然后手扶着黑子的脊背站起来，刚一站起，身体又要向后倒，摇晃中，他抓到了黑子的尾巴。黑子的尾巴粗壮温暖。黑子待主人抓住尾巴，立刻向前拉起来。王山在黑子的拉拽下，迈开黏滞的步子，踉踉跄跄地走开了。他深一脚，浅一脚，快一脚，慢一脚，穿行在黑暗中，像个蹒跚学步的娃娃。

黑夜，浓得化不开的黑夜，锅底黑一样的黑夜。一切都隐在黑夜里，山，树，房子，庄稼。王山和黑子也融化在黑夜里。偶尔有蛐蛐和油葫芦的叫声传来，起起伏伏。

王山所在的地方叫北台子，离家有三里地。王山完全是机械地向前移动。他不用看路，他相信黑子会把他带回家的。黑夜可以阻碍王山，但阻碍不了黑子。一动作，王山的骨骼和血液活起来，他的思维也活起来。他又想起他的家人。他不知道他们这几天是怎么熬过的。他们在这些天里一定经历了刀割般的苦痛。他想起他的老婆秀英，也许早慌了手脚，伤心欲绝，一辈子温顺的女人突然失去他这个主心骨，天塌下来了。他想起秀英一伤心，就会背过气去，心里有些疼。最让他惦记的是他的儿子，还在重病中，不知能不能承受这天降大祸。

他又想，他不能直愣愣地杵进屋里，像根木头，那会吓着家里人的，以为是哪里冒出的野鬼。他应该先站在门外咳嗽两声，可他坏掉了的嗓子还能咳嗽出音吗？那就应该先敲敲门，像从前自远处打工归来的场景：他敲敲门，轻声说，秀英，我回来了。秀英很快应一声，似乎她一直都醒着，等着丈夫。她拉亮灯，快速跑出来，接过他的行李，把一身冷气的他一直迎到热乎乎的被窝里。那被窝哟，满是秀英的体温和汗香。

想到这些，王山的腿似乎比刚才有力了，走得也稳了一些。黑子肯定也感觉到了，愉快地叫了几声，拉得更起劲了。

北台子真是寂静，像是真正的荒郊野外。而七天之前这里还是机器轰鸣，车辆往来如织，一到夜晚，灯火通明。这里有几个小型煤矿。王山就在其中的一个小煤矿采煤。时近年底，煤价上涨，采煤工三班倒近乎疯狂地采煤。煤源源不断地从井下运上来，换成崭新的票子装进矿主的皮包里。这里的世界是沸腾的世界，沸腾的煤，沸腾的钞票。

一切都因七天之前的一场事故戛然而止了。

三

七天之前，王山第一次嗅到了苦艾草的气味。

那是在下午五点钟，王山上夜班。换装时，同班的永刚说，我这右眼咋嘣嘣跳呢，左眼跳财，右眼跳——他捂住嘴，不让那个"祸"字漏出来。下井之前，最忌说这个字，晦气。慢吞吞脱裤子的班长老扁狠狠瞪了永刚一眼，脸沉得像一块铸铁。王山穿好工服，走到离井口五十米的田野上，那儿长着一片苦艾草。苦艾草的叶子在夕阳的笼罩下浮着一层薄薄的鹅黄。这是一片长势茁壮的苦艾草，生长多年，驴马啃过，虫蚁嗑过，一直郁郁葱葱。王山伸手摘了几片苦艾草的叶子，放进嘴里嚼起来。他边嚼边往回走,走到永刚面前,锯齿形的苦艾草的叶子在王山嘴里被磨成了糊糊。王山把糊糊掏出来,贴到正戴安全帽的永刚右眼皮上。永刚吓了一跳,说,哥,你这是——王山说,别动,管用,一会儿就不跳了。永刚的右眼皮上粘着苦艾草糊糊,显得有点滑稽。工友们都笑了。老扁没笑,脸还像一块铸铁。

王山知道老扁没笑的原因。老扁年岁上和王山差不多,但辈分低,管王山叫叔。这些人里,就老扁年轻时在外边矿上干过,懂得多。半小时以前,王山看见老扁去找矿主。矿主姓邓,四十多岁,具体名字不知道,大伙都叫他邓四。邓四站在煤堆上一边吸烟,一边打电话;一边打电话,一边对着电话骂。邓四看见老扁,嘴从手机上挪开,俯视着老扁。王山看见邓四和老扁嘀咕起来,但距离远,听不清他们说什么。老扁说完,往回走。邓四接着打电话,接着骂,骂得狠,野腔野调在田野上飘荡。老扁回来,面沉如水。王山悄悄地问,咋了?老扁看了看其他工友,压低声音说,井下"出汗"了。王山知道"出汗"的意思,就是窑壁潮湿有水珠,一般认为这是透水的前兆。王山说,那邓四是啥意见?老扁说,干,拉煤车等着呢。王山没再说什么,看着老扁。老扁脸色柔和下来,叹了一口气说,哎,哪儿打铧子哪儿住犁,叔,干吧。

王山下井之前,把黑子往回撵了撵。每次下井,黑子都跟着来。每次升井,黑子也是第一个跑到他身前,又蹦又跳。王山最后看了一眼地上的世界:太阳栽到了山的后面,天空有点暗,变成了淡淡的青色,夜晚正像一块幕布慢慢地拉拢来,一群野鸽子缓缓地扇动翅膀剪影一样地飞过。收割过后的田野像生过崽的母狗肚腹一样空空荡荡,偶尔有一两处干枯的玉米秆,在秋风的吹动下,发出呜呜呜的低鸣。不远处的村庄,青色的炊烟袅袅上升,有鸡叫狗吠驴鸣隐隐传来。有的人家亮起了灯。

王山紧了紧安全帽,进了罐笼,缆绳动起来,罐笼下沉,轰隆隆进入地下的世界,黑暗忽地一下就把他们吞没了。

四

透水事故是在王山他们下井两个小时之后发生的。当时他们正在采煤工作面干着活儿,矿灯闪烁,煤尘飞舞,风镐哇哇怪叫。突然,一群老鼠从巷道深处疯狂地涌出来,它们吱吱叫着,密密麻麻地挤在一起,汇成一股灰黑色的河流,奔腾着从王山他们身边流过。众人看得头皮发紧,靠着墙一动不动。老扁最先清醒过来,大叫一声,快跑!可是已经来不及了,真正的河流来了,像一头怪兽,呼啸着怒吼着,从老鼠跑过来的方向冲出来,一下子就把老扁他们吞没了。起初还有挣扎的声音，呼救声，咕咚咕咚被迫吞咽水的声音，划动的手臂，后来一切归于静寂，只有水流冲刷墙壁的声音，水流浸泡煤块发出的噼里啪啦像电火花的声音。矿灯都灭了，整个世界黑下来。老扁的矿灯最后灭的，还在水里射了一阵，发出微弱昏黄的光，最终还是不甘心地灭了，犹如他的生命之光。

只有王山没有被淹到。水来的时候，王山他们正在一个斜坡上，老扁他们在坡底，王山在坡项，水没有一下子淹到他。老扁话音刚落，他就发了疯似的跑起来，也不知往哪里跑，只要是高的地方，没有水的地方就行。水头在后面紧紧地跟着他，像在玩一个恶作剧的游戏，有几次甚至已经抓到了王山的裤腿，都被王山跳着跑开了。

王山跑哇跑哇，双腿像风车旋转，心脏像一面鼓发出巨大的响声。他在井下密如筛眼的巷道中穿梭。幸亏是王山从小满山遍野放羊练就了好脚力，如若不然早就完蛋。正跑着，一面墙挡住了他的去路，王山一抬头，傻眼了，进了一条死巷道。一停下脚步，水马上就过来了，迅速淹到了他的腿，他的腰，他的脖子。这水藏在地下，终年不见阳光，阴郁、腐臭，带着死亡气息把王山包围了。水马上就要把王山淹没了，他仰起头，尽量不让水淹到嘴。越来越多的水涌进来，几乎是带着狞笑的表情扑向王山。正在这时，王山看到了钉在墙顶的铁制的锚钩，他把裤腰带抽出来，绾成一个环，像套马一样把裤腰带套到锚钩上。王山的腰带是牛皮绳做的，扎了多少年，浸透了汗和油，黑又亮，结实着呢。他拉紧腰带，做了个引体向上，从水里把身子拔出来。他钻进腰带形成的环里，这样他就把自己和锚钩绑到一起了。

庆幸的是水面再没有向上升，仿佛一个厌倦了追逐游戏的人，它退出了游戏，对王山失去了兴趣。几个小时之后，水面下降了，露出了地面。王山从锚钩上跳下来，重新把腰带扎上。他开始想念他的工友们，想念老扁，想念永刚。他哭了，大滴的泪先盈满眼眶，然后顺着脸颊流下来。泪水流得很慢，因为脸太脏了，沾满了煤尘和汗腻。

最初的悲伤与惊恐过后，他冷静下来，想起了一些自救常识。他关闭了矿灯，为了节电，希望能在救援的人赶来时，矿灯还能亮，这样拧亮矿灯就能标明他的方位。他保存体力，尽量不动，蜷着身子坐在一截木头上。在黑暗中，他给自己打气，这辈子经历了多少磨难，有好几次险些见了阎王，但不都活下来了吗？八岁那年秋天在山上放羊，一不小心跌进一个二十多米的深洞里，叫天不应叫地不灵，在那里待了整整三天，靠啃食掉落进去的松子和野果活下来的，爹妈终于找到他，洞底被照亮的一瞬间，他发现离他一米远的地方盘着一条嘴比他脑袋还大的蛇。二十岁那年冬天，他去外地贩缸，赶着骡车拉着缸过河，河水结了冰，骡子脚底下一滑，跪倒在冰面上，车倾斜了，几百斤的大缸掉下来把冰砸破了，王山掉进一房深的河里，河水冰凉刺骨，一下子把王山的棉衣棉裤泡透了，像石头一样重。那时的王山体力好，豁出命地扑腾，愣是没沉底，幸好是被路过的一对父女发现，找来人把王山捞了上来。父女俩心肠好把王山接到家里，父亲熬姜汤，姑娘生起炉火烤棉衣裤。火光照红了她的脸庞。第二年开春，王山他爹托人去姑娘家给王山提亲。柳树抽条的时候，王山把姑娘娶回家，把姑娘滚烫的身子搂进怀里。姑娘乳名叫秀英。

转年秀英就为他生了儿子。儿子从小长得好，学习好，是全村唯一考上重点大学的孩子。王山成了村里人人艳羡的对象，都说他憨人有憨福，娶了个好媳妇，生了个好儿子。美妙的生活在王山的眼前像一条红地毯铺开去，铺向未来。但是，今年开春的时候，儿子病了，从学校回来了，原本红润的脸庞像纸一样白。王山把儿子领到医院一查，是白血病，需要骨髓移植才能活下去。骨髓移植是大手术，要好几十万呢。王山最初的惊慌和伤心很快过去了，他要赚钱给儿子做骨髓移植。从儿子得病起，他就把身子当地种，在大城市里打好几份工，白天送水，晚上送餐，后半夜还去一个小区当保安。二十四小时不眠不休地做活,赚到的钱却少得可怜,相对于儿子的医疗费更是杯水车薪。他听说这儿的煤矿工资高,就从外地回来了,当起了采煤工。没想到才干了不到一个月,就出了事故。

王山竖起耳朵,谛听着外边的动静,期待着能听到救援队杂沓的脚步声,期待着能听到他们叫他的名字。但是什么声音也没有,死一般的静寂,偶尔传来煤块掉进水里,扑通一声,像青蛙跳水。

五

王山在幽深的巷道里行走,巷道很静,很黑,很长,似乎永远没有尽头。他有点茫然,不知道自己为什么会在这里,只是机械地走着,仿佛受了什么指引和召唤。走哇,走哇,走得慌里慌张,走得晕头涨脑,走得满头大汗。蓦地,前面出现了一间亮着灯光的小屋,小屋的门虚掩着。王山推门进去,看见他爹坐在灯光下补鞋。他爹抬头看看他,面色平静,一声不吭,继续低下头补一双黑帮白底的棉鞋。他爹穿着一件分不清颜色的中山装,在王山的印象中这是他爹唯一的衣服,从来没换过。王山激动地说,爹,你怎么在这儿?他爹依然穿针引线,不搭话。王山看着他爹的手,手上满是老茧和伤疤。王山含着泪说,爹,你还好吗?我可想你了。他爹还是不吱声，专心地对付手上的鞋子。王山就有些生气，生气他爹怎么不和他说说话，怎么见了他不亲近，对那双鞋子比对他还好。他看着那双肥厚的棉鞋，竟然生出吃掉它的冲动。一有这想法，肚子马上饿得不行，饥火烧肠，火烧火燎。再看那棉鞋，也变得蓬松了，像馒头一样，有了香味儿。他说，爹，把鞋给我吃了吧？他爹用头皮蹭蹭针，把鞋向怀里收了收，是保护鞋的动作。王山更生气了，伸出手就去抢棉鞋，眼看手就摸到鞋了，指尖已经感触到了它的柔软，他爹飞速地用针刺了他手背一下，钻心地疼，他赶紧收回手……

王山醒了，才发现做了一个梦。在井下漫长的这几天，他的生物钟紊乱了，有时睡，有时醒，有时睡着像醒着，有时醒着像睡着了。王山他爹是鞋匠，死了有二十年了。王山咂摸他爹梦中的模样，还是死去时的相貌，一脸愁苦。王山有点悲伤。

悲伤马上被另一种更强烈的生理感受所替代——饿。梦里的饿传到现实中，他真的饿了，比梦中还饿，胃里像有一百张小嘴向外伸，并且发出叽叽的叫声。他饿得头昏眼花，身体像风雨中的树叶颤抖起来。他知道再不吃东西自己就会饿死。他手触到了坐在屁股下的那截木头。那是一截松木，树皮还没有被剥掉。

他怀着悲壮的心情吃了发生事故以来的第一顿饭，几块树皮和一些脏得令人作呕的水。他的胃刀割般的难受,好像刚才吃掉的不是干硬的树皮而是锋利的刀片。

王山就这样熬过了第五天,在对救援队失望了一千次一万次之后,他决定自己去寻出路。他戴上安全帽,拧亮矿灯向外走去。水消下去了不少,但是通往井口的地方还是被水堵着。他只得返回来,在无水的巷道里探寻出路。

来来回回不知走了多少趟,还是没有任何办法。井下的世界是水的世界,全部被水占领了。他的身体和精神都有了崩溃的迹象。他眼里出现了幻觉,一会儿看见老扁和永刚,一会儿看见他爹,他们都笑盈盈地望着他,似乎在鼓励他跟随他们而去。他的身体一会儿重如磨盘,动一动都难;一会儿轻如薄纸,风一吹就走。

就在他要放弃的时候,他发现了一条坡度很大的巷道。他极力调动思维焦灼地思考着,得出结论:这条巷道极有可能通向地面。他沿着巷道向上走,越走心里越开阔,感觉每走一步就是离地面近了一步,离井下远了一步。但是走了不到五十米,巷道就被沙石土块堵住了。巷道垮塌了。王山颓然地坐在地上,望着堵住的巷道发呆。这些沙石土块阻隔了他的脚再一次踏上地面,阻隔了他再一次呼吸新鲜空气,阻隔了他与家人的重逢。这些土是挡在生面前的厚重的门,把他牢牢地摁进了死亡里。这些土最终会拢成一堆,压在他的坟头上。

王山不甘心就这样希望破灭,不甘心被这堆土打败。他早已把自己的生死置之度外，他还有儿子呢，他的儿子还等着他赚钱呢。他一想到要是不能做骨髓移植，儿子小树一样茁壮的生命就会先他而去，他的心里就会滴血般地疼痛。儿子要是没了，那秀英也完了，他的家就完了。他不敢想那个画面，那个画面是黑的，灰的，一点光亮也没有。

他开始用手扒这些土。接下来的日子，他陷入一种狂热状态，他像土拨鼠一样疯狂地扒土，不眠不休，饿了吃树皮，渴了喝脏水。十根手指的指甲脱落了，鲜血淋淋，他浑然不觉，只是机械地向前扒，向前扒……

扒了十米，二十米，三十米，四十米……第七天，他终于扒通了巷道。他的判断是对的，这条巷道确实通向地面。在扒通的一瞬间，风先进来了，他的干瘪的肺叶，像新生婴儿一样一下子被撑开了，像升起了的帆一样饱满了。然后他就嗅到了苦艾草的气味。出口正在那片苦艾草旁边。

六

黑子拉着王山上了一个土坡。天色有些微明了，黑暗中有了点亮色。黑暗黑得不那么纯粹了，就像一只全身乌黑的狗掺了点白色的杂毛。王山能隐隐约约地看到村子了。树，房屋，烟囱，院墙，柴垛，依次映入他的眼帘。他瞪圆了眼睛仔细地辨认着它们还隐在黑暗中的模模糊糊的轮廓。

一群乌鸦飞过来，在王山的头顶上盘旋。它们发出瘆人刺耳的叫声。它们的叫声让黑夜也起了一层细密的鸡皮疙瘩。它们黑色的羽翼扇起了阵阵阴风。风里夹杂着腥臊和腐臭。王山看着它们，嘴里发出嗬嗬驱赶的声音。乌鸦并不害怕，继续在王山的面前上下翻飞，有几只胆大的甚至要落在王山的头上。王山几乎能看到它们尖利的嘴和阴森的圆眼睛。它们亢奋地飞着叫着，仿佛在参加一场即将开始的死亡盛宴。王山弯腰摸到一块石头丢向它们，乌鸦群这才像一团乌云振翅飞走了。

终于，王山到了自家的院门口。七天之前走出去后，隔了许多个日夜，隔着漫长的艰难的光阴，他又回来了。王山撒开黑子的尾巴，黑子跑进院子。它汪汪地叫起来。叫声搅动了沉沉的黑夜。

王山停下脚步，打量着自己的房屋院落。三间砖房不高不大，但齐齐整整，利利索索。挨着砖房是一间耳房，盛放粮食和杂物。对着耳房的是两间厢房，一间做了驴棚，一间放置柴草。院落的一砖一瓦，一草一木都是热的。它们在黑暗中如同一堆温暖的棉絮，散发着温热的气息，召唤的气息。王山激动地颤抖起来，全身的各个关节都发出了磨盘转动一样咯吱咯吱的响声。他不得不强烈地遏制自己想马上跑进去见到家人的强烈冲动。这些天的日思夜念，等真正回到家里时，他又害怕了。他怕这一切不是真实的，而是一个梦，像梦见他爹做鞋的那个梦。他一动不动地贴在院墙上，生怕惊醒这个梦。

这时，屋内的灯亮了。屋门开了，从里面走出来两个身影，是秀英和他的儿子。王山看到秀英和儿子，眼泪像急雨似的落下来。他用拳头把嘴塞住，才阻止自己发出声音。他几乎要站立不住，手扶在院墙上撑着自己即将倒地的身体。

王山不错眼珠地看着他们。那两个可爱的人哟，他们在屋门口站住了。秀英似在拉扯着儿子。"快走吧，进城的客车快要过来了。"是秀英的声音，透着沉重和疲惫。

"我不想去。"儿子的声音病恹恹的。

秀英说："去吧，今天去检验，等找到合适的骨髓就能做移植了。"

儿子说："咱家哪儿有那么多钱，我不想治了。"

秀英说："孩子，不要担心钱，你爹得了四十万的抚恤金。"

儿子说："我不要这个钱，这是我爹用命换回来的。再说，我爹也许能活着回来呢！"

秀英说："回不来了，这些天过去了，不可能回来了。"

两人沉默了一阵，立在那里，像黑暗中的两块石块。

儿子小声地哭泣起来。秀英也哭了。也许是过去哭得太多了，流了太多的泪水，他们的哭声显得那么软弱和无力，像病猫的嘶鸣。哀伤像水一样在这个小院里流淌。

过了一会儿，秀英拉着儿子，两个人迈动步子向院外走来。王山躲到墙垛里。秀英路过他藏身的那个墙垛，停下了脚步，在暗夜里盯着他看，似是有所发现，看了一阵，终是没看出什么，走开了。王山真想扑过去，抱住他们，告诉他们自己没有死，千辛万苦地回来了。但他没有动，反而屏息静气，目送着他们渐渐远去。这一刻，他清楚地知道，这是他最后一次见他们了，以后再也不能听见他们的声音，再也不能拥抱他们了。永远。

七

王山听见他们的脚步声远了，余音彻底消失在村街上，一切重归寂静。他庆幸自己这一路没有遇见一个人。也就是说，到目前为止，在这世界上没有一个人知道他还活着，除了他自己。活着，现在似乎成了一个尴尬的事情了。活着，就要退还那四十万的抚恤金。他在报纸上看过新闻，说有一个地方发生了矿难，死者得了大笔的抚恤金，幸存者只给几千块钱。一想到四十万要像煮熟的鸭子从他家的院子飞走，他就心疼。那可是四十万哪，他一辈子没见过那么多钱，他想不出那是多少钱，一张一张摆开，也许会铺满院子。他不知道自己的命会值那么多钱。他几辈子也赚不来的钱。有了四十万，儿子的病就能好了，儿子就有救了，儿子就能继续在那所人人向往的大学里就读了。他甚至欢欣鼓舞起来。

他想象着未来会有这样一个场景：儿子毕业了，有了好工作，娶了城里的漂亮的有文化的媳妇，生了小娃娃。那小娃娃会在他的院子里欢呼奔跑，会追着秀英，叫她奶奶。

那他呢？他知道自己不会出现在那个场景里了。他不知道自己什么时候又流下了眼泪，好大的一摊，湿了整张脸。也许是最后的眼泪，也许不是眼泪，是其他的什么东西，黏黏的，带着腥气。谁知道呢！

天渐渐要亮了，黑暗的颜色淡了，变成了铅灰色。星星都慢慢隐去了，天空越发深邃和幽静。地上的景物由远及近，慢慢清晰。远处传来一声公鸡高亢的叫声，村子里其他鸡也叫起来。村子正要从沉睡中苏醒。王山知道自己的时间不多了。他走进屋子，他要跟他的家道别。

屋子里的东西是他一点一点亲手置办起来的。他用眼睛亲热地抚摸它们，抚摸红色的柜子、黑色的茶盘、白色的茶壶；抚摸一张圆形的桌子和四只杨木凳子；抚摸炕上摊开的被子，他的亲人们刚刚从被子里离开，还保留着温热的气息；抚摸墙上挂着的农具，用过无数次的沾满汗水的镰刀、锄头、砍土镘；抚摸泥土的墙壁和秫秸的屋顶。他来到镜子前，他看到了镜子里的自己。他确认那不是自己，分明是另一个人。那个人看起来是那样的吓人，头发竖起，像蒿草一样长，脸一半肿着，一半没有多少肉了，颧骨处被磨秃了，支棱着白色的骨头，嘴唇像草木灰一样白，焦干着，满是裂纹，身上的衣服破损得像是用树叶做的，手指尖结着黑色的血痂。他揉揉眼睛，再看镜子，镜子里出现了一个二十多岁的青年，瘦削但精神，明亮的眼睛闪烁着对未来的美好期许，嘴角上翘好像随时准备开口大笑，那不正是年轻的自己吗？他又把眼睛闭上，再睁开，镜子里空空的，似乎什么也没有了。

　　他闻到灶膛里有浓郁的香气，那香气像春天的风一样吹拂着他。他扒开灶里的火，发现那里正烘烤着土豆。土豆挤挨在一起，如同一窝蛋。这是他们家在冬天的习惯，晚上睡前把土豆放进灶膛，埋在火堆里，早上拿出来就是美味的早餐。土豆经过一夜的烘烤，外焦里嫩，香甜无比。他把土豆从火里扒出来。黑乎乎的土豆摊在掌心里。土豆冒着热气，有的地方还闪着火星。他急不可耐，连烤焦了的皮也没有剥，直接吃了下去。咬开土豆的那一刻，蓄积了一夜的香气喷薄而出，几乎把他呛晕。他的胃哟，像一群眼睛饿绿了的小孩子，突然见到了食物，疯狂地扑了过来。他吃了许多土豆。土豆安慰了他饱受树皮摧残的胃。

　　晨光变红了，透过窗户射进来，被窗棂格成许多方框映在墙上。再耽搁下去，恐怕会被村子里的人看见。王山从屋里走出来，走出院子。黑子也跟着出来了，咬着他的裤腿，后腿向后坐，使劲拖着他。王山挣了几下，它还是不松口。王山含着泪狠狠地踢了它一脚，黑子这才像个委屈的孩子，呜咽着跑远了。

　　王山蹑手蹑脚地出了院子，离开村子，重又走进旷野里。旷野里不知什么时候起了浓重的大雾，像黑夜占领白天一样，大雾占领了这个深秋的黎明。这些雾比黑夜更黏稠，它们遮蔽了一切。它们在树杈间，山沟里，平原上流淌，它们发出哗哗哗流水一样的响声。它们像是会呼吸的云朵，一会儿卷起来，一会儿舒展开。它们的颜色千变万化，忽而变白，忽而变灰，一会儿又是红的了。

　　王山穿行在谜一样的大雾里。他产生了奇异的感觉。他感觉自己的肉身嘭的一下四散开来，离他而去，像那群乌鸦一样飞走了。剩下的他变得轻盈无比，像一阵微风，像一根羽毛，像一缕晨光，像一粒尘埃……

《雨花》2018年第6期

低级趣味

我妈认定我将来会成为一个有出息的人,比我爸强一百倍。这是她从我的诸多表现中得出的结论。她对这一结论深信不疑。

我叫梁大平,今年十一岁,在东风小学读五年级,是班级的中队长,学校的副大队长。由副大队长转正为大队长是指日可待的事。现在的大队长在六年级,等他毕业,上了初中,我就是大队长了。

我聪明能干,做起活来头头是道,是我妈的小帮手。秋天的时候,我帮我妈刨僧帽花的根。僧帽花的根丰满修长,晾干可以入药,到冬天就会有人来收购。在绿草如茵的山坡上,我挥舞镐头,对准僧帽花的根部深深地刨下去,四周的土刨透,我妈上前轻轻一拔,白嫩的僧帽花根就展现在阳光下了。由于我刨得快稳准,我们收获的僧帽花根的数量又多,品相又好。

一进冬天,我妈爱嗑瓜子,我帮我妈炒瓜子。确切地说,是我在锅上炒瓜子,我妈给我烧火,打下手。我妈掌握不好火候,瓜子容易火大,瓜子皮煳了,瓜子仁还生着。我有耐性，拿着锅铲均匀地翻着瓜子，听着它们一个个发出微爆声。这声音是瓜子在说话，爆一声，就是瓜子在说，我要熟了。等爆声连成一片，如同过年时燃放的小鞭，就是它们在集体嚷嚷：熟了，熟了，熟了。这时，不能耽搁，用最快的速度把瓜子从锅底盛起来，不煳不生，恰到好处。

我还帮我妈腌酸菜。我一手拿着菜刀，一手拎着一棵全须全尾的白菜，用菜刀把白菜的须尾砍掉，白菜就变得光溜溜的了。然后，我把白菜放在热水里焯一下，递给我妈，我妈顺势把白菜摁到黑黝黝的大缸里。缸里放满白菜，我就去墙脚把那块青石板搬来，压到白菜上。青石板专用来压菜的，用了多年，春天搬出去，冬天搬进来。说是青石板，其实青色已经看不出来了，被水沤得发白了。

通常，我和我妈一边干活，一边说话。说话的内容涉及方方面面。有些是家长里短，这个时候，我像是我妈的闺密。比如，我妈说，王桂花新买了一件白色的羽绒服，你看好看吗？我说，不适合王桂花，王桂花脸黑，穿白的，脸更显黑了。我妈说，那应该穿啥色？我说，穿米色，美术老师说米色是暖色，穿上显得脸亮。我妈对我们美术老师没好感，气咻咻地说，你们美术老师成家了吗？我说，没呢，我们美术老师挑花眼了，一般人瞧不上。我妈有些幸灾乐祸地说，白瞎这个人了，一朵花还没开，就要耷拉了。

我们有时谈论家庭的生计大事。这个时候，我更像是家庭的主心骨。比如，我妈说，今年秋天黄豆比往年价钱翻了一倍，过年春天咱把北台子那八亩地全都种上黄豆吧？我说，妈，不能跟风，今年黄豆贵，过年春天种黄豆的肯定多，大家都这么想，那时黄豆的价钱就不能贵了。我妈说，那你说，北台子那八亩地种啥？我说，种黏玉米，秋天掰下来煮熟去城里卖，城里人大米白面吃惯了，就爱吃这口。我妈说，也是也是。说完，用一种有点崇拜的眼光看着我。

也有谈着谈着忽然忧伤的时候。忧伤的主要是我妈。比如我妈嗑着我炒的瓜子，噗噗吐着瓜子皮，突然就伤感了，说，哎，哪个姑娘将来有福能吃到我儿炒的瓜子？我说，妈，你放心，我一辈子只给你炒瓜子，别的女人我瞧不上。我妈就高兴了，吐瓜子皮吐得更欢快了。我妈说，大平，记住，红颜祸水，色字头上一把刀。我说，妈，我知道，男的要想成事，得管住自己。我妈嗯嗯点着头，几乎热泪盈眶了。

我说的是实话，我对女生没有兴趣，她们一惊一乍，叽叽喳喳，太吵了。在学校举办的劳动竞赛中，她们又懒又力气小，每次都拖我们班的后腿，导致我们在和兄弟班级的比拼中，从来没有赢过。

我和我妈的谈话总是滔滔不绝，津津有味，有时是一个激发另一个,话题像小鸟一样跳来跳去。

这样热烈温暖的谈话有时不得不停下,停下的原因是我爸回来了。我爸的到来,就像沸腾的锅里砸进一块冰,气氛急转直下,凝重起来。

我爸叫梁建设,是我们东风镇最声名狼藉的男人。他上马不能驰骋疆场,下马不能辅佐国邦,是俗话里的"二流子"。他什么活也不干,就是成天的闲逛,哪里有红白喜事,就去给人家唱曲儿,喜事唱《爱你一万年》《今天我要嫁给你啦》,丧事唱《诸葛吊孝》《来生缘》。讲究的人家等他唱完,赏他几个钱,不讲究的让他吃顿饭。镇子大,户门多,总有人家办事,我爸几天不回家,倒也饿不死。

我爸有两大爱好,在东风镇众所周知,一是喜欢女人,东风镇到处流传着他的风流韵事,大姑娘小媳妇,我爸都喜欢。那些被戴了"绿帽子"的男人中,有好几个放出话来要弄死他,但我爸笑嘻嘻的,活得蛮好。二是喜欢打赌,在办事的人家唱完曲儿,酒足饭饱,他不走,在那儿满嘴油光地跟人聊天,聊着聊着就抬起杠来,抬着抬着,就拍桌子摔凳子,非要就一个事情得出个正确的结果,就打赌。也不是所有抬杠的结果都是打赌。有时候只是相互乱喷,谁也说服不了谁,一拍两散。但是有一种情形是一定要打赌分出个胜负的,那就是只要围观的人中有女人,尤其是漂亮女人,我爸心仪的,或者是和我爸有过瓜葛的,我爸特别来劲,必须打赌。赌十回输九回,原因是他的心在女人那儿,乱了心智,失去了正常判断力。有时明知可能输的事也赌,嘴硬,就是不认,不能在女人面前丢面子。打赌的事情都是一些杂七杂八的事,比如东大桥有多少桥桩,西山顶上那棵树是松树还是柏树,镇子里最长寿的张大夫的奶奶裹没裹过脚……凡此种种,不一而足。赌注通常是一只鸡。原来我妈养了一大群鸡,渐渐地都被他打赌输光了。往往是我妈和我正在屋里做活,听到鸡圈里鸡飞狗跳,出屋一看,我爸拎着鸡脚,在鸡的喳喳乱叫中跑出院子。他跑得比狐狸都快。我妈脱下一只鞋扔过去打他,那鞋据我目测有六十公里的时速,还是追不上他。说明我爸虽然平时懒洋洋的,拎鸡飞跑的速度却大于鞋飞行的速度。鞋飞行的速度小于我爸拎鸡飞跑的速度。这是五年级数学的追击问题,我刚学过。

最后一只鸡是今年夏天输的。那是一只红公鸡,品种是"九斤红",羽毛鲜艳,神情傲慢,每天像个皇帝一样在鸡圈里踱来踱去。它特别痛恨我爸,原来圈里有许多母鸡,成熟的,稚嫩的,憨厚的,乖巧的,都是它的最爱,但都被我爸打赌输了,只剩下它孤家寡人,独守空房。一见到我爸,它就奓起颈毛,张开翅膀,对我爸又追又啄。没想到,可悲的命运会迅速轮到它。

那天下午,东风小学开家长会,我爸去了。我妈本不想让我爸去，但她在争执过程中，总是处于下风。我们班主任刚刚生了孩子，会开到一半，她就捂着胸口，红着脸说，我得回家一趟，给孩子送奶。我看到她的乳房像气吹的一样大，把衣服撑起老高，衣服湿了一片，溢奶了。我爸不错眼珠地盯着班主任看，喉结蠕动。我在心里生气地想，哼，再看，那奶也不是给你吃的。接下来美术老师代替班主任来主持。美术老师大个儿，长腿，脸粉嫩，睫毛长，是个美人。我爸看得更有兴致了。

开完家长会，家长们走出教室，看到我同学刘子瑞家的三个月大的毛驴驹出现在操场上。刘子瑞他爸叫刘红军，刘红军也来开家长会，看见自家的毛驴就说，啧啧，你看咱家的毛驴，架子多好，三个月就长一米多高了。我爸嘴一撇说，哪有一米，最多九十。刘红军眼一瞪，说，怎么没有一米，我量过的。我爸说，那也没有一米，自家的庄稼自家夸，自己量的不算数。刘红军气红了脸，说，要是有一米怎么办？我爸没吱声，抬眼看了看美术老师，美术老师笑吟吟地看着，似乎很感兴趣。我爸的表演欲望上来了，血热了，脱口而出，打赌，我量。刘红军似乎正在这个话茬儿上等着，说，好，赌啥？我爸说，一只鸡。说这话时，我爸诡异地笑了一下，他脑海里也许映现了"九斤红"啄他的画面。有好事的人把米尺递给我爸。在这个夏日闷热的午后，蝉声高亢，我爸抻开米尺要给毛驴量身高。学校的老师和学生都围过来。我恨不得找个地缝钻进去。我实在看不下去了，赶紧跑回家，并且凭着对结局敏锐的嗅觉和以往的经验告诉我妈，"九斤红"有可能保不住了。我妈紧张地给鸡圈上了把新锁。

后来的事情是我同学告诉我的，毛驴并没有乖乖地站在那里等着我爸给它量身高，和身高相比，它应该对草料更有兴趣。我爸围着毛驴转来转去，想找个合适的角度。毛驴打着响鼻，戒备森严，始终拿着驴屁股对着我爸，让我爸近身不得。僵持了半个多小时，我爸抻开的米尺始终没搭到驴身上，倒是忙活了一身汗。美术老师认真地看着，她是城里来支教的老师，对乡下的新鲜事物有很强的好奇心。她说了一句话，没有阻止，反而推进了事情的向前发展。她说，梁大平爸爸，要是有难度就别量了。我爸擦了一把脸上的汗，有把握地说，没难度，没难度，这还叫个事吗？说完，他猛地冲到驴屁股处，把米尺上下竖起来，一端贴地，一端与毛驴屁股相平，眼睛凑上去，要看米尺上的数字。谁料，就在这时，毛驴屁股一翘，后腿猛地一弹，踢到我爸的左眼眶上，我爸被踢开一米远，捂着眼睛，重重地倒在地上。幸亏是小毛驴，蹄子嫩，没有挂铁掌，我爸左眼睛没事，只是眼睛周围印着青红的一圈驴蹄痕。那同学最后说，美术老师关切地上前询问你爸的伤情，你爸捂着左眼,用右眼对着美术老师笑,那眼睛哟,都眯成一条线了。

毛驴的身高最后还是量出来了,是一米一,我爸输了。他眼睛上挂着驴蹄痕,回到家,砸开新锁,拎走了"九斤红"。我妈和"九斤红"一起激烈地反抗着。反抗是徒劳的,第二天黄昏,"九斤红"就被端上了刘子瑞家的餐桌。

这次打赌产生了三个后果。一是每天早晨再也听不到公鸡打鸣了,我因此上学迟到了好几次。二是从那开始,我妈就对我们美术老师有成见了。三是东风镇的人们对我爸似乎宽容了一些,他再做出什么荒唐举动,人们就说,别跟梁建设一般见识,他脑袋被驴踢过。

我们家成了整个东风镇的笑话,成了人家茶余饭后的谈资。我爸无所谓,依旧唱曲儿,勾引女人或者被女人勾引。我妈和我都觉得气愤不已,颜面无光,在广大人民群众和少先队员中抬不起头来。我妈和我爸吵过闹过,我爸不以为然,依旧我行我素。我妈至少有三次要带着我离家出走。有一次我们甚至已经过了河,坐上了去城里的火车,但是我妈改变了主意,又下了火车,领我回来了。我猜测我妈受了这么多屈辱和伤害还离不开我爸的原因有三点:一是当年我妈就是在喜宴上帮忙时被我爸迷住了,不顾家里人的强烈反对,嫁给了穷得鸡娃子打板凳的我爸。我妈要强,自己选的路,咬着牙也要走下去。二是我爸相貌好，他身材颀长，面皮白净，身上的衣服永远是干干净净的，散发着好闻的香皂味儿，三十多岁的人了，一点不显老，看上去还像二十多岁，这在东风镇那些粗壮矮矬邋邋遢遢大腹便便的男人中，就显得玉树临风、鹤立鸡群。尤其是他那双手，没经过锄镐锨把的磨砺，白嫩纤长，天生就是被抚摸和抚摸别人的材料。我观察了，连心高气傲的美术老师都愿意盯着我爸看。三是因为我，我是我妈的希望，犹如浓重乌云中透出的一缕阳光，她相信我有一天一定会光芒万丈，像救世主一样，让她脱离苦海，过上好日子。

我呢，也暗暗发誓一定会长成一个和我爸不同的人，一个脱离了诸如好色打赌那种低级趣味的人，一个真正的男子汉。并且我想，我已经十一岁了，是时候去施加自己的影响，做出行动，不能任由我爸继续胡作非为了。

腊月里的一天，正是一年中最冷的时刻，天寒地冻，北风呼号。窗户上冰霜厚得像驴嘴唇，终日不化，酸菜缸冻得严严实实，铁坨子一样。我和我妈在家收拾屋子，准备迎接即将到来的农历新年。我爸两天没回来了，不知到哪里去浪荡了。他不在家，我们倒乐得清静。我妈扫房顶的灰尘蛛网，我洗刷地板上的污渍。铁炉子添满了木柴，炉火很旺，发出呜呜呜欢快的叫声。

在收拾屋子的过程中,我们充满了愤怒,因为我们发现家里少了一些东西。比如我妈嫁过来时,我姥姥给她的一只瓷茶坛,平时不用,放在柜子里,现在却没有了;我妈在白砂糖打特价时买的五斤白砂糖,本打算吃豆包时用的,也不见了踪影;我舅姥爷在内蒙古给我买回来的一双羔羊毛的皮靴,有点大,我始终没穿,本想等脚长一长再穿,却再也没有机会了。种种迹象表明,我爸还在和别人打赌。只是赌注变了,从一只鸡变成了一切他可拿到的有价值的东西。我们的心情坏掉了。我妈气急败坏地用扫帚捅着屋顶,像要把屋顶捅破。我没有心思洗刷地板了,盯着炉火,心里揣摩着我那双可怜的皮靴,不知它们此时此刻正温暖着哪个狗崽子的臭脚丫子。

中午,院门响动,我爸回来了。他神清气爽,容貌齐整,好像他不是去唱曲儿蹭饭,而是刚刚参加完镇上的干部会议。他回来也没进屋,把双轱辘推车推出来,在院子里放妥当,去搬存放到厢房的僧帽花根。我妈拿着扫帚跑出去。我本以为,她会用扫帚劈头盖脸地打他一顿。但我妈让我很失望,她到了我爸跟前,把扫帚扔在一边,巴巴地看着我爸,一副手足无措的样子。她在光鲜亮丽的我爸面前有点自惭形秽。她说,建设,你这是?我爸说,药材商来收僧帽花根了,我去卖。我妈想到在那样的场合,男男女女,什么人都有,我爸不一定做出什么出格的事情来呢。她强鼓起勇气说，不用你去，我去。我爸没理她，继续把几袋子僧帽花根装到推车上。像以往任何一次拦截一样，我妈又失败了，眼睁睁地看着我爸推着车出了院子。她站在那里，又冷又气，瑟瑟发抖。

我妈回到屋里，趴到炕上，背部一耸一耸哭起来。我把一块榆木疙瘩塞到炉子里，看着火苗像长舌头舔舐着它，说，妈，你别哭，我去。我妈翻过身来，看着我说，你去？我说，对，我去，卖完药材，我就让他回来，不让他乱来。我妈说，能行吗，天太冷了？我说，你放心，没事。我妈又说，他能听你的吗？我蛮有把握地说，我会随机应变的。我妈甩了一把鼻涕眼泪，高兴地说，我儿子大了，能替妈撑事了。

我穿上棉袄，戴上棉帽子、棉手套，在我妈期盼的目光中走出家门。天真是冷啊，风刮到脸上，像用刀片在割。嘴里哈出的热气立刻变成了白色的雾。田野上到处是冻得开裂的口子。电视上说，这是几十年一遇的最冷的冬天。在这样的严寒面前，我的棉袄棉裤棉鞋立刻缴械投降了，北风穿透它们，肆意吹刮着我的肌肤。我又一次思念起我的羔羊毛的皮靴来，在心里对我爸的怨恨又增加了一些。

我在寒风中穿行，一个信念越来越坚定：我得阻止他，不能让他在错误的泥潭里越陷越深，不能让他沉迷在那些低级趣味里。我得帮着他，就像我无数次地帮助那些后进同学一样。

河北来的药材商在刘子瑞家落脚。刘子瑞他爸刘红军是药材经纪人，他帮助联系药材，中间抽取一定的提成。我到刘子瑞家的时候，看见我家的推车子空了，僧帽花根已经不见了。夏天时节踢我爸的驴驹子拴在牲口棚里，已经长成半大驴了。我气不打一处来。我爸肯定仨瓜俩枣就把僧帽花根卖了。我知道卖僧帽花根只是他的一个借口，他对这个事根本不感兴趣。刘子瑞家的房子里传出热热闹闹的说话声。他感兴趣的是那儿。我走进去，果然发现他正站在屋地中央手舞足蹈地说着什么事情。

我环视屋子一周，发现挤满了人，有本村的，有外村的，除了男人，还有一些描眉画眼的女人。她们满眼含情地看着我爸。我紧张起来，让我爸忘乎所以的一切因素都具备了。一个秃顶的男人看着我问，这是谁的崽儿？他的头秃得有趣，中间秃了，四周有一圈头发，像沙僧。刘红军说，梁建设的。离我近的一个女人，脂粉涂得一指厚，一说话唰唰掉，像白骨精。她啧啧两声，顺势掐了我脸蛋子一下，说，怪不得这么俊呢，原来是建设的，长得和建设一个样。她身上的脂粉味儿害我打了一个喷嚏。我生气了，把"白骨精"的手拨到一边。"白骨精"说，哟，脾气这么大，我还想让你将来给我当姑爷呢。我说，我才不稀罕给你当姑爷呢，让小狗给你当姑爷吧。大家哄地笑了，笑声像秋天打谷场上突然被惊起的麻雀。我盯着我爸说，爸，回家吧。我爸看见我，脸色冷了下来，说，你先回去。我说，我不走，等着你一块回去。我爸脸上现出愠意，碍于人多，没说出不好听的话来，只说，等一会儿，一会儿就走。

刘子瑞他妈从灶膛里抠出一块烤地瓜，递给我。我想起进屋之后一直没看见我的同学刘子瑞，就问，大娘，子瑞呢？她说，拿马尾鬃套鸟去了，一早上就走了，现在还没回来。

我吃着地瓜，斜睨着眼睛，看着我爸小丑似的表演。他非常兴奋，不停地说着话，边说边拿含情带笑的眼睛瞄着那几个女人，那眼睛像有魔力，瞄到谁，谁就笑得如同一朵花样。我时不时地在我爸热烈说话的间隙，小鬼推磨似的催促他，爸，回家吧，爸，回家吧。我爸看了我一眼，愣怔了半天，才想起，他还有我这么一个儿子在这儿。他懊恼地说，吃地瓜也堵不住你的嘴，再等等。

有人提议，建设，唱个曲儿呗。我爸说，好，那唱啥呢？"白骨精"说，唱《夫妻双双把家还》，我和你唱。刘红军打趣儿说，你和建设唱，你家男人要是知道了，不得揍你呀？"白骨精"说，揍我，我就不跟他过了，我跟建设过。建设你要我吗？说完对着我爸抛了个媚眼。我爸一迭声地说，要，要，要。另一个女人嗲嗲地说，要她，那我呢？我爸说，都要，都要，我都要。我暗呸了一声，不要脸，真以为自己是皇帝了。我大声说，爸，走吧。我爸吼道，你个磨人精，刚来了兴致，再等等。

唱完曲儿，他又说起前几天在西村村主任家参加喜宴的事。他说，人家那排场，八顶八，十六个菜，那盘子像脸盆子一样大，鸡鸭鱼肉，螃蟹大虾应有尽有，主任出手也大方，我就唱了两个曲儿，赏了我一百块钱。"沙僧"说，不能吧，我二叔也在那个喜宴上唱曲儿了，回来骂主任抠门儿，才赏了二十。我爸说，明明是一百，一张百元票，新崭崭的。"沙僧"说，我不信，同样是唱曲儿，不能给我二叔二十，给你一百吧，难道你唱得比我二叔好？众人都盯着我爸看，脸上露出不相信的神色。我爸急了，脸红了，像斗架的"九斤红"，瞪圆眼珠子说，千真万确是一百，要不信，打赌。男人说，赌就赌，赌啥？我爸想了想，把卖僧帽花根的一摞钱拿出来，拍到炕上，我爸说，就赌这。几个女人都吃惊地咦了一声。我更吃惊，那可是我家过年买年货的钱。我和我妈都已经计划好了，用这钱买肉买鱼买鞭炮。我爸真的要疯了。

我得做出行动了。我冲到我爸跟前，拉着他的胳膊往外拽。我爸把我的手甩掉，理都不理我，挑衅地看着

"沙僧",等待他的回应。我焦急万分,眼看我的拦截也要失败了。正在这时,我有了重大发现。我发现屋子最里边站着一个和我年龄差不多的男孩儿,我不认识他,他应该是外村的。刚才我在屋门口,他被大人遮挡,我一直没有发现他。现在我看见他了,他倚着橱柜,脚上穿的正是我那双羔羊毛的皮靴。我不会认错的,那双羔羊毛皮靴样式和本地的不同,一眼就能看出来。他依偎在一个身板厚实、满脸横肉的男人身边,看样子是男人的儿子。我脑筋转得飞快,我知道怎么办了。我大声说,爸,你出来,我跟你说一句话,说完,你不走,我走。我说完,出了屋子,来到院子里。等了一会儿,我爸也出来了。他不耐烦地说,快说,说完,你赶紧回家。我冷笑了一下,说,你要是不回家,我就让那个男孩儿把皮靴扒下来,那是我的皮靴,我认出来了。我爸吃了一惊,果然害怕了,他回头看了一眼,然后捂住我的嘴。这进一步证实了我的猜测:我这双皮靴是他送出去的,送给了他的相好,也就是那个男人的老婆。我把嘴从我爸手底下挣扎出来,说,回家吧,只要你回家,我就装作没看见。我爸呼哧呼哧喘了一会儿,评估了一下我的行为产生的后果,想了想那个男人沙包一样大的拳头。他恨恨地瞪了我一眼,推起车子,向院门走去。刘红军追出来说,建设,他同意赌了。我爸不回头,依然朝向院门的方向。刘红军说,哈哈,梁建设,你什么时候成缩头乌龟了？

我爸在前，我跟在后面，走在回家的路上。我们都不说话，只有推车子的车轮因为缺油发出的咯吱咯吱的声音。我看不见我爸的脸，但能想到那张俊俏的脸上堆积着怎样的愤怒。我心情很好，有着胜利者的喜悦。

时间是下午三点多钟，天更冷了，北风刮得愈加起劲。太阳一点精神也没有，发着懒懒的白光，像冰箱里的灯，整个世界则像冰箱的冷冻室。

走到张大夫家门前，我爸停住脚步，把推车子支起来。我说，又要干什么？我爸看我的眼神有些畏葸，说，张大夫他奶快过九十大寿了，我问问具体日子，你在这等着，我一会儿就出来。

他进了张大夫家，我在门口百无聊赖地等着。一股冷风吹来，我赶紧把领子竖起来，把脸包严实。我看着这股冷风，它打着旋，风里裹挟着枯草木片，向着远处刮去。这是不是电视上常说的西伯利亚寒流呢，我看过地图，知道西伯利亚在最北边，离我们非常遥远，如果这真是来自西伯利亚的寒流，那得走多远才能到我们东风镇哪。

我正琢磨着，听到有人喊我，大平，大平。我扭头一看，是张大夫的女儿张春桃，她穿着红色的羽绒服，像一团火苗，站在屋门口叫我。她说，大平，快进来，外边冷。我迟疑着，她跑出来，拉起我的手，她的手温热柔软，嫩嫩滑滑，我硬邦邦的身体瞬间融化了，顺从了。她拉着我进了她家的西屋，东屋是她家的药房，我爸和她爸在那儿说话。西屋就我和她两个人，炕上摊着她的作业本，看样子她正在写作业。张春桃也在东风小学读书，六年级了，她的班级紧挨着我们班，她经常在我们窗前经过。她个子高挑，脸白里透红，眼睛又大又黑，脖颈修长，走路时马尾辫在背后甩来甩去，学校的男生管她叫"校花"。看到她经过我们窗前时，我们班级的男生，像刘子瑞他们就像打了鸡血，拍桌子，吹口哨，哇哇乱叫。她却瞧都不瞧他们一眼，像只骄傲的小鹿。

张春桃让我坐在炕沿，给我倒了一杯热水，水里还加了一勺红糖。屋里生着炉子，暖如春天。我摘了帽子和手套。张春桃脱去了红色的羽绒服，只穿一件粉色的紧身毛衣。此时此刻，她就坐在我对面，离我很近，我看到她的皮肤像僧帽花根一样白嫩，像瓷器一样光洁，我能感到她薄嫩的嘴唇里呼出热乎乎的气息，看到脖颈上微黄的绒毛。这一瞬间，我发现她是那么美。我生平第一次发现了女生的美。我的心被她的美震撼了，像闯进了一头小鹿，在里面乱撞。她眼睛弯弯地看着我，看得我浑身不自在，手和脚都没有地方放了。我心想，我这是怎么了。我赶紧喝了一口红糖水，加以掩饰。没想到喝得猛了一些，有些呛，咳嗽起来。张春桃笑了，说，慢点喝，喝完，我再给你加糖。她拿毛巾俯身过来要给我擦嘴巴上的糖水,她嘴里呼出的气息喷到我脸上,那气息甜丝丝的,弄得我很痒痒。我看到她胸脯那儿,在粉色的毛衣下面鼓鼓的,像装了两个鸡蛋,它们弯起美妙的弧线。那是多么美妙的弧线哪!我不想看那儿,眼睛却不受大脑支配地看着那儿。我的眼睛就像我曾经牵过的一头小毛驴经过青青的麦苗地,我牵着缰绳不让它吃,它却挣扎着把嘴往麦苗上凑。我的脸像炉膛里的火一样烧和烫。我躲闪着,接过毛巾说,我自己来,我自己来。

我擦掉嘴巴上的糖水,把毛巾还给她。屋子里很静。我听到我剧烈的敲鼓一样的心跳和炉子里传出的火苗的叫声。我想,得说点什么。我想起了盘踞在我脑子里很久的一个问题。我放下水杯,说,问你一个事?张春桃忽闪着长长的睫毛,说,好哇,问吧?然后满怀期待地看着我,那眼睛里有水波在荡漾。我咽了一口唾沫,扫了一眼她放在炕上的作业本,说,六年级的分数应用题难吗?张春桃有些失望,继而又笑了,说,挺难的,不过只要弄清谁是单位1就不难了。她目光如炬看着我。我躲开她的目光,眼睛看着屋地上一块磨损了的瓷砖。她说,大平,你知道吗,你是咱们学校最帅的男生。我支吾着没说出什么,心里却很受用,那里像有春天的小南风在吹,吹起了碧草青青,吹起了鲜花簇簇。

我正美着,突然吹进来一股冷风,门被推开了,随着冷风而来的是刘子瑞。他拎着一个鸟笼子，笼子里装着一只鸟。他兴冲冲地跑进来，嘴里叫着，春桃，春桃，你看你看，我套了一只鸟。看见我，他的脸子瞬间冷下来，兴奋劲退了，两眼在我和春桃之间梭巡，似乎想发现点什么。我说，刘子瑞，鸟是你用马尾鬃套的吗？刘子瑞淡淡地说，嗯。张春桃被笼子里的鸟吸引过去，她蹲下身子去看那鸟。那是一只黄腹山雀，背部是青灰色的，腹部是米黄色的。它在笼子里焦躁地上下跳跃。张春桃把手伸到笼子眼儿那儿，山雀就来啄她的手。张春桃收回手，咯咯笑起来。她直起身子，对刘子瑞说，你把这鸟给我吧。刘子瑞说，本来是这样想的，但是现在我改主意了，我要回去把它烤了吃。他的脸上露出凶狠的表情。张春桃说，烤了吃？天哪，它才那么一丁点肉，还不够你塞牙缝的呢。刘子瑞说，宁吃飞禽半口，不吃走兽一斤。说完拎起笼子就要走。张春桃求救似的看着我。我想要为她做点什么，没错，那一刻，我就是这么想的，我想要为她做点什么。我站到屋门口，截住刘子瑞。我说，刘子瑞，你把鸟给她吧。刘子瑞脖子一梗，说，凭什么给？我一时没想出办法，僵在那儿。刘子瑞眼珠子一转，脸上滑过一丝不易觉察的笑意。他把鸟笼子放下，说，除非你——我说，除非什么？刘子瑞说，除非你敢打赌！我说，有什么不敢的？刘子瑞说，那只要你敢用舌头舔一下张春桃家的铁门，我就把鸟给她。我想都没想说，行。我扭头看看张春桃，她正用赞许的目光看着我，那眼睛里像有一汪深潭，让人感觉晕晕的。我能想到用舌头舔铁门，肯定不像用舌头舔白砂糖那样舒服，但也没什么。重要的是，此时此刻我真的想为张春桃做点什么，即使是比这更困难的事情，我也愿意去做。我清楚地意识到这可能不对，但我控制不了自己。

我们来到了院子里的铁门前。那铁门黑黝黝的，立在那儿，上面挂了一层白霜。我对刘子瑞说，坚决不能反悔。刘子瑞说，只要你舔一下，我马上就把鸟给春桃。我又看了一眼张春桃，她漂亮的脸上是欣赏和敬佩的神色。我毫不迟疑地走上前，向那寒冬腊月里的铁门，孤独的铁门，站在西伯利亚寒流中的铁门，伸出我鲜红的湿润的热乎乎的舌头。

我的舌头刚一挨到铁门立刻就被粘住了。寒意像电流一样迅速从我的舌尖传遍我的全身。我再想把舌头缩回来，却怎么也拿不下来了。舌头像是焊死在了铁门上。刘子瑞哈哈笑起来，他把鸟笼子往地下一放，对我说，梁大平，你和你爹一样蠢。说完就跑出了院子。

我想靠自己的力量把舌头从铁门上拽下来。我用双手撑着铁门，头向后仰，舌头抻得老长，舌头和铁门粘住的地方却纹丝不动。张大夫和我爸听到动静跑出来。张大夫拦住我，别硬拽，会把舌头拽坏的。我爸焦急起来，我头一次看见他为我焦急，心里反而有点高兴。他急得直搓手，说，这可咋办哪，这可咋办哪？

北方冬季的白天相当短暂，太阳不知什么时候落了下去，暮色降临到大地上。风小了些，气温却更低，更冷了。我的舌头粘在铁门上的消息在这个黄昏，迅速传遍了整个村子。村民从屋里出来，聚集到张大夫家，把我和铁门团团围住。我的舌头已经麻木，和铁门结合成一体了。我的身体簌簌发抖，铁门也随着我的身体一起颤抖。

我爸从张春桃那里知道了事情的原委。他兴奋起来，指着挂在铁门上的我，对围观的人说，这是我儿子，他是因为打赌，舌头才被铁门粘住的。大家开心地笑起来。我成了他们在这个寒冷的冬日里，沉闷生活的唯一调剂品。

事情在向着更坏的方向发展。我呼出的热气遇到铁门变成了霜，霜越来越厚，在我的嘴边聚集了厚厚的一坨。要不了多久，霜就会把我的嘴封住，那样我可能会窒息而死。

大家开始讨论怎么样把我的舌头从铁门上拿下来。这是他们过去的生活经验中从没遇到过的事情。有人说，用火烤。马上有人反对，那不把孩子烤熟了吗。又有人说，用热水烫。马上又有人反对，这么冷的天，热水端出来就成凉水了。讨论了一阵没有结果，大家就看张大夫。张大夫说，快把铁门卸下来，抬到屋里，让舌头自然化开。大家就把铁门卸下来，连铁门带我抬到张大夫家的炕上。有人往炉子里不断地添着木柴。

细心的张春桃把她红色的羽绒服垫在我的身下。这样，我就不用直接趴在铁门上了。我感受到了羽绒服的温暖，仿佛那上面还有她的体温。她趴在我耳朵边悄悄地说了一句话。她的脸摩挲着我的脸，我感到了她皮肤的滑嫩，我闻到了她身上那说不出的好闻的淡淡的香味儿。我似乎觉得不冷了，舌头也不疼了，我觉得一切都是值得的。天哪，我也要疯了吗？

天黑下来的时候，我的舌头终于从铁门上化开了，重新缩回到我的嘴里。我从铁门上爬起来。这时，我听到屋外传来我妈巨大的哭声。那哭声在这冬天刚刚降临的夜晚显得那么悲怆和绝望。我知道她为什么哭，我让她失望了，我也许会长成一个和我爸一样有低级趣味的人。不过，我管不了那么多了，我想起我趴在铁门上时春桃对我说的话，她要我和她一起去村外的小树林把黄腹山雀放飞。这是我人生的第一次约会吗？我不知道。

我走出屋子，向黑暗中的小树林欢快地跑去。

吃板糖的学问

一

5月最后一个星期五的黄昏，我们一家沉浸在昏天黑地的悲伤里。

我们一家包括我、大平和妈妈。奶奶与我们生活在一个屋檐下，我却没把她算作我们一家。此刻，她也游离在我们的悲伤之外。她甚至比往常高兴。我能看到她的笑容在核桃皮似的皱纹里隐隐地浮上来。她也许认为降临到我们身上的悲伤是必然的，早该如此。我们一家也不包括梁建设，从昨天他的同事来我家说了那件事后，我就把他从我们一家排除了。现在，想起梁建设，我只有深深的恨意。可是以前，我是多么爱他。他高高的个子、金丝边眼镜和在县城的教师身份，都是我在小伙伴们面前炫耀的资本。

太阳在西天边烧起来了，像火狐狸溜过去点着了一堆稻草。我们能闻到那种烟火的味道，有一点苦涩和呛人。阳光变软了,透过榆树枝叶的缝隙落在院子里的青石板上,光斑连缀起来,像一只华美的豹子。院子西边的花池里栽着各色花,有红牡丹、白芍药、黄玫瑰、粉蔷薇。东边墙角的一棵杏树挂满果实,散发着诱人的香味儿。

我没有一点心情欣赏,对果实也没了兴趣。虽然前天我还在杏树底下敞开肚皮,吃到撑为止。我被未来要发生的事情击溃了。它超出了我的承受范围。

我无助地望向大平。我们是双胞胎,今年八岁了。大平只比我大十分钟,却比我老练成熟得多。他在生活中处处护着我,是我的主心骨。夜里撒尿,我不敢单独去,都是他陪着我。这只能说,有些人天生就是当哥哥的材料,比如大平。此时,大平坐在窗台下的一个石凳上,苦着脸。见我看他,他立即打起精神,咬了咬厚嘴唇说,二平,不要着急,办法总会有的。我们有着一样的肥厚温润的嘴唇。奶奶讥笑我们是驴嘴唇。起初,我们是伤感的,彼此嫌弃地看着我们的厚嘴唇。后来,我们不以为然,对着奶奶摇动肥厚的嘴唇,让嘴唇发出扑噜扑噜像摩托车排气管一样的声响,让唾液从嘴唇间的缝隙喷出。奶奶边躲边拉长声调唱歌一样地喊,不好了,不好了,狗浪跑断腿,驴浪吧嗒嘴,我家的小驴驹子骚情喽。

我想起昨天夜里的事情。昨晚,我睡得不好,在床上翻来覆去。屋里有些闷，窗户开着，有小股的凉风从那儿吹进来。我在寂静中听到了外面黑暗中的响动。树枝轻轻地拍打着房屋。牲口棚里的小羊静静地吃着草。杏子从枝头掉下来，栽到松软的土地上。我还听到了抽抽噎噎的哭声。哭声时断时续，在夜晚变得飘忽不定，让人断不准它的来源。

我问大平，昨晚是你哭吗？大平愤怒地从石凳上弹起来，说，我没哭，小女生才哭呢。我满怀悲悯地看着他豆芽菜一样纤细的身体，就像看着我自己。曾经承载着那么多欢乐的身体，现在正被痛苦一点点压弯。

妈妈平静地做着一切。她向院子里洒清水，压住尘土，也让清凉在院子里弥漫。她泡了一大盆衣服，两只手浸在洗衣粉泡沫里奋力搓洗。她如往昔一样穿着湖蓝色的连衣裙。那是全村最漂亮的裙子。她像浸在一汪幽深的水里。又直又黑的头发从她白皙的脸颊垂下来。阳光在她小巧的下巴上打出暗褐色的影子。

她尽力不看我们，只是做活。当她偶尔看我时，我知道，她的平静是伪装的。我们目光接触的一刹那，她的眼里有泪水要溢出来。对视几秒后，她马上低下头。低垂的白皙的脖颈，身体大幅度的摆动，都显示着她在多么用力地做活，多么用力地抑制住自己的悲伤。

这个黄昏，悲伤像一床厚厚的被子，把我们压住了。我们无法摆脱，只能感受着它的重量，感受它难难而缓慢地蠕动。

以前不是这样的，从前的月末星期五的黄昏是多么欢乐呀。我们像迎接节日一样迎接它。我们隐忍地度过那么多琐碎无聊的日子，都是为了等待月末星期五黄昏的欢乐呀。

二

欢乐的源泉是每个月末星期五的黄昏，梁建设从县城的学校回来了。我和大平从早晨开始就激动不已了。那一天，平时让我们心仪的女生在我们眼里失去了魅力。惹我们生气的男生，我们都宽宏大度地不再计较。

梁建设回来让我们高兴的原因有两个：一是我们终于有爸爸了。梁建设不在家的日子，我们是多么孤单和羸弱。我们和别的孩子发生矛盾时都不敢有过分举动。只要过分一点，那个孩子就会哇哇哭着回家把他爸爸叫出来。那个膀大腰圆一腿黑毛趿着拖鞋的男人跑到我们面前，用要吃掉我们的眼神瞪着我们。我们只能觍着脸微笑着说，叔，我们是逗他玩呢。然后，一溜烟地跑开。让我们羡慕的还有，别的孩子都有爸爸带着一起玩耍。那些孩子，他们坐在自行车后座上，揽着爸爸粗壮的腰，还不时地回过头来对着我和大平甩眼风。

爸爸，多么奇妙的生物哇！我们渴望他，喜欢他身上的一切。他的粗糙邋遢愤怒沉默都让我们为之着迷。他身上的烟草味儿酒精味儿甚至是汗酸味儿都让我们欢喜不已。

实际上，梁建设和那些乡村爸爸不一样。他面容白净，说话斯文，不嗜烟酒，头发上总有好闻的洗发水味儿。他是十里八村公认的美男子。我发现连我们班主任说起梁建设都一改往日凶悍的样子，笑呵呵地说，大平二平，你们的爸爸是不是今晚回来，我这儿有一道数学题你带回去，让他帮着解一解。说完把纸条递给我们，不好意思地低下头。三十多岁的人，脸上竟然呈现了怀春少女的娇羞。她也许已经沉浸在周一早上，看着我爸在纸条上做的字迹俊美、思路清晰的答案时幸福心情的幻想中了。

二是梁建设每次回来都买来一大块板糖。有时，我和大平对板糖的渴望甚至超过对梁建设的渴望。如果某些特殊时刻，我们听到妈妈说，学校考试，你们的爸爸这个月不回来了。我们就异口同声地说，那让他把板糖用客车捎回来。板糖太好吃了，好吃到我们在梦里都会笑醒。板糖是糯米做的，方方正正，一寸厚，乳白色，一面沾着一层白芝麻。吃起来口感细腻，脆而不硬，又甜又香。那甜不咸不齁，是柔软的甜，温和的甜。吃完三天，舌头一舔齿缝，还能品尝到丝丝的甜。那香不肥不腻，是那种醇厚的香，纯净的香。吃完三天，一张嘴，口气还是香喷喷的。

每到月末，梁建设要回来的日子，我和大平的口水就格外旺盛起来。通常的情况是，伴着傍晚的余晖，我和大平跑出村子，穿过一片麦田，去迎接梁建设。麦田在夏天生长着一望无际波浪般翻滚的麦子。秋天，小麦收割后，这里种上了向日葵。冬天，这里则被皑皑白雪覆盖。

过了麦田，走上一道土坝，等一小会儿，就会看见一辆客车轰隆隆开过来。梁建设从车上下来，手里提着板糖，迈着轻快的步伐走来。天高云阔，四季游荡的风在田野上吹拂。梁建设背后是迷幻般的暮色。一个月的期盼终于实现，我们向梁建设跑去。我一个猴蹿蹦到梁建设怀里。他抱住我，向后一趔趄，站稳以后把板糖交给大平。大平接过板糖，贴在胸口，像抱住盾牌，冲锋陷阵般抢在前头。

有一段时间（那段时间可以称为我和大平生命中的至暗时刻），我和大平走在路上就迫不及待地吃起板糖。我们没有耐心一层层剥开板糖的纸质包装，而是一下子粗暴地把包装纸撕碎。我们用脏乎乎的手把板糖掰开，急不可耐毛毛糙糙地吃起来。用奶奶的话说，我们是饿死鬼托生的。不一会儿，我们的脸上，身上，手上，都变得黏腻了，芝麻粒到处都是。偶尔，我和大平还会因为谁多谁少的问题打一架。那时，我们就像两只肮脏的精力充沛的小狗，为了抢一块肉骨头猖猖狂吠，用仇恨的目光瞪着彼此。我甚至忘了大平的种种好处,气咻咻地想,我怎么会有哥哥,纯属多余。梁建设在旁边摇着头,双手一摊,管束不了我们。梁建设脾气好,很少有生气的时候。这也是他和那些乡村爸爸不一样的地方。

后来,妈妈改变了我们的坏习惯。她告诉我们一定要把板糖带到家里再吃。吃前,她让我们洗净手和脸,在我们胸前系一块洁白的手帕。她支上餐桌,铺上雪白的桌布。她把板糖放在桌布上。这时的板糖就变得可敬起来,让我们感到以前的做法都是对它的亵渎。妈妈把板糖的包装纸一层层翻开,翻开后,并不把包装纸拿走,摊平放在板糖下边。然后,她拿来水果刀,小心地把板糖切成小块,再用牙签扎起来,递给我们。她告诫我们慢慢吃,仔细品尝,一粒芝麻也不要掉。我们正襟危坐在桌前。我们吃的时候有一点点紧张和害羞。去掉了性急和慌张以后,我们终于品出了板糖的香和甜。以前我们是猪八戒吃人参果,囫囵吞下去了,根本没品出味道。有时,吃的时候还伴随着怒火和委屈,更无暇顾及板糖的美妙了。以前我们吃时,大声地咀嚼,响亮地吧唧嘴,板糖渣子伴着唾液顺着嘴角流出来。现在,妈妈让我们轻轻嚼,慢慢咽,声音就小多了,有的声音还没出口腔就消失了。

在妈妈的教导下,吃板糖成了无比美妙的一件事。在吃的过程中,我们品尝出了食物的好,还明白了缓慢、耐心、彬彬有礼是多么重要。

　　妈妈对我们的改造是全方位的。那阵子，我和大平像两个小野人，衣服布满污渍，学习成绩下降，并且还抽了村子里不怀好意的大人给我们的香烟。奶奶管不了我们，只是跺着脚骂。妈妈来了以后，我们衣服干净了，饭菜可口了。我们的顽习被改掉了。也许将来会成为二流子的两个小男孩儿，被改造成两个小绅士，两个女生都喜欢的厚嘴唇的帅气小男生。我们成了全村孩子的典范。茶余饭后，那些乡村爸爸在教训自己的儿子时，就会用恨铁不成钢的口气说，你看人家梁建设那两个儿子，再看看你们，一坨狗屎。

三

　　这一切都是妈妈来了以后发生的。以前，妈妈不是我们的妈妈，妈妈是我们的小姨。一年前，我们的妈妈发生车祸，去世了。那时，我们还不知道失去妈妈意味着什么。安葬了妈妈以后，梁建设仓皇失措，在学校和家之间来回奔波。一向注重外表的他，头发如杂草般生长，胡子拉碴，满脸倦容。

　　我们从别人怜悯的眼神和我们自身的遭遇中知道了失去妈妈是多么可怜。我们穿着长时间不洗、散发着霉味儿的衣服，脸上黑一道白一道，肚子里饥一顿饱一顿。奶奶沉迷在她的"事业"里,无暇照顾我们。当我们在外边疯跑一天,回到家里,屋清灶冷,再没有可口的饭菜等着我们。我们夜里蹬掉了被子,再没有人帮我们盖。我们生病了,再没有人嘘寒问暖、煮鸡蛋或者熬姜汤。

有一天放学,还没走进院子,就看见烟囱里飘出蓝色的炊烟,同时闻到了饭菜的香味儿。我们跑进屋,只见一个女人在灶台前忙碌。光线朦胧,腾腾热气中,我们看到那就是我们的妈妈。我们冲过去,一左一右抱住她,喊着妈妈妈妈。她揽住我们,柔声说话,我们才看清是小姨。她和妈妈长着极其相似的面庞,神情动作也完全一样。我们从此认定,小姨就是我们的妈妈。

那个月末,梁建设回来,看到小姨,吃惊不小。他听到我们叫小姨妈妈,就严肃地说,大平二平,你们不能叫小姨妈妈,小姨还没成家,这样叫,影响不好。小姨说,没事没事,他们喜欢,怎么叫都行。说这话时,小姨的脸色像西天边的晚霞一样红润。

重新有了妈妈以后,家里变得井井有条了,欢声笑语又在院子里响起。家里有人照顾,梁建设专心忙学校的工作,又恢复了往日的风采。他每月回来一次,把脏衣服打包带回。再离家时,他的衣服已经被小姨洗得干干净净,叠得板板正正,带着阳光和洗衣粉的味道。

我们心里踏实了。因为我们有妈妈了。可是很快,我们就焦虑起来。我发现了一个秘密，那就是小姨和梁建设是分开住的。在有限的人生经验里，我们知道，天底下的爸爸妈妈都是住在一起的。

那是小姨来到我家第二个月的一天夜里，我在梦里被一阵笑声惊醒。我爬起来，脸贴在玻璃上向外看。月亮圆润丰盈，院子里恍若白昼。小姨和梁建设并肩坐在一起。听不清说什么，只是听到小姨偶尔发出的笑声。我记得，以前，我们的妈妈也和梁建设这样坐在一起说话。我看着月光里小姨的身影，更加认定，我们的妈妈没有去世，她是变成了小姨的样子来守护我们。我在大平细微的鼾声中，泪流满面。过一会儿，小姨和梁建设站起来，分别走向不同的房间。我们家的房间是这样分配的，小姨住东屋，我们住中间，奶奶住西屋。梁建设没有跟着小姨进东屋，而是去了西屋，跟奶奶住在一起。

我把我的发现告诉了大平。大平和我进行讨论，得出如下结果：不和梁建设住在一起，说明小姨不愿意当我们的妈妈，她随时可能离开。我们喜欢小姨。我们一致认为小姨是最适合当我们妈妈的女人。我们不想让别的女人当我们的妈妈。据我们观察，想给我们当妈妈的女人太多了。我妈妈去世以后，全村的女人都对梁建设热情起来。她们张罗着要给梁建设当媒人，把自己或远或近的亲属介绍给梁建设做妻子。梁建设都以妈妈去世不久没有心情回绝了。但是，我们看他的样子，是兴奋的，跃跃欲试的。我们担心，等他心情好了，就会答应她们，给我们找一个陌生的后妈来。

一次饭后，大平把自己的疑问说出来。他问小姨，你是不愿意做我们的妈妈吗？小姨摩挲一下大平的头说，愿意。大平说，那你为什么不和爸爸住在一起呢？小姨脸上飞起一朵红云，目光躲闪着。她想了想说，成年男女，只有结了婚，才能住在一起。我说，那你和爸爸什么时候结婚？小姨目光望着远方，眼神发亮，脸更红了，说，也许……也许下半年，或者……或者明年，我也说不清。

没有得出确切的时间，可是听到她有和梁建设结婚的打算，我们安下心来。我们同时明白了一件事情，那就是小姨也喜欢梁建设。我不由得感叹，哪个女人不喜欢梁建设呢。

大平说，你俩结婚，我和二平当伴郎。小姨一挑眉毛说，好哇。大平到底是当哥哥的，什么都懂。我头一次听到"伴郎"这个词。这也是他比我高明的地方。如我所说，有些人天生就是当哥哥的材料。

四

以前的月末，梁建设即将回来的这一天，妈妈会精心打扮。她在梳妆台前坐很长时间，把各种粉和霜搽在脸上。我们走过她身边,香气扑鼻,像路过一丛怒放的牡丹。她的一头长发在手里变换出各种形状,一会儿拢起来,一会儿披散开。有时,她会逮住我俩中的一个,焦灼地问,这样好看吗?我们说,好看好看,妈妈什么样子都好看。这时,她就调皮起来,冲我们做一下鬼脸。我们发现,以前那个小姨短暂地闪现了一下,然后又变回来,成了我们的妈妈。

她从早晨开始就打扫卫生。她把我们的玩具用一个大箱子收起来,把橱柜擦得光可鉴人,把各种杂物摆放得规规矩矩。她把院子里铺路的青石板用水刷一遍,青石板泛着青幽幽的光,像刚从山上下来那一年的颜色。

她会做最拿手的两样菜,猪蹄炖黄豆和煎刀鱼。这两样菜,梁建设特别爱吃,吃的时候还不时夸赞,说比县城最好饭店的厨师做的还要好。

我和大平的任务是给小羊割青草。放学后,我俩一个背竹篓,一个拿镰刀,跑到树林里。我们在树林里的草地上,把那些过膝的甘薯叶、三叶草、黄花苜蓿挑出来,很快割满一篓。回家后,我们把草放进小羊的木槽里,一边听着它繁密似落雨的吃草声,一边做迎接梁建设的准备。我们洗干净头发和手脸,穿上洁白的衬衫,在迷蒙的光线中,兴冲冲走出家门。

现在,这一切都毁了。

妈妈似乎没受影响。她起得很早,如往常一样收拾屋子，做菜。我偷吃了一口她做的菜，味道比以往差得太多，有点苦咸的味道。我听说，伤心的人做菜，泪水会掉进菜里，菜就变得苦咸了。

我和大平极度沮丧。小羊饥饿的叫声在院子里回响。叫声中偶尔掺杂着它拱木槽的哐当声。从昨天到现在，我和大平没有一点心情去给它割青草。

昨天下午，我们放学不久，梁建设的同事来到我家。那是一个秃头顶的中年男人，天气炎热，又走了很远的路，他的额头布满密集的汗珠。妈妈把他迎进来，递给他一杯凉茶。他一仰脖，咕嘟咕嘟喝下去。然后，他手里攥着茶杯，目光在妈妈和我们身上扫一圈。扫完一圈，又扫一圈，到第三圈时，他开口了。他说话时，眼睛不看我们，看着手里的茶杯。茶杯在他手里打着转。他终于艰难地说起来。他说，建设让我来的，他让我给你捎话，明天下班后，他带着新结识的女朋友回来，他让你回家去，免得引起误会。

我发现，随着他一点点说完，妈妈的脸色从高兴到失望到绝望，到面色苍白，没有一点血色。说完，梁建设的同事就逃似的跑了。他的表情和动作表明，他对自己在这件事里的角色是多么痛恨。

我们明白了，梁建设有女朋友了，他要给我们找一个后妈。现在这个妈妈不再是我们的妈妈，重新变成我们的小姨了。

妈妈坐在那里，一动不动。天黑下来了，屋里没有开灯。她还那样坐着。我们看不清她的脸。她的脸融在墨汁似的黑暗中。

悲伤的情绪在我和大平之间流淌。我们不愿意和妈妈分离。我们也惧怕即将到来的后妈。可是我们没有一点办法。我们没有能力解决这个问题。我们才八岁。我们面临第二次失去妈妈的恐惧。

奶奶也知道了这个消息。她无动于衷，甚至有一点幸灾乐祸。我知道她与妈妈有矛盾。这一切都源于妈妈对她"事业"的干扰。

捡废品就是我奶奶的"事业"。我奶奶对那些塑料瓶易拉罐瞧不上眼。她只捡值钱的铁器，方式也特别。她有一个小猪崽大小的黑黝黝的磁石。夜幕降临，奶奶把绳子一端拴在磁石上，一端绑在腰上，在村街上从南到北走一遭。那些铁钉、铁丝、螺丝等小铁件就会被吸起来。一路下来，磁石变得又肥又胖。磁石与地面摩擦发出咻嘎刺耳的响声。孩子们都叫她"磁石奶奶"。他们对我奶奶又厌恶又害怕。他们落在路边的小铲子小勺子等铁制的小玩具还没有拿回家，就被我奶奶的磁石吸走了。我奶奶的原则非常明确，被磁石吸回来的铁件，都是她的，休想再要回去。那些孩子到我家来，眼看着自己的东西被奶奶收起来，却无可奈何。有的孩子哭得可怜巴巴，我奶奶也不理。任何孩子也别想从我奶奶那里拿回自己的东西。

这个时候，妈妈就会劝说奶奶把孩子的东西还回去。奶奶布满皱纹的如同鸬鹚巨大嗉囊的喉咙咕噜一声，两手拢起来，把捡来的东西护得更紧了。妈妈再劝，她就说，你凭什么管我，又不是我儿媳妇。妈妈神色黯然，说不出什么。有时，趁奶奶不注意，妈妈会快速地把东西还给孩子。奶奶发现后，坐在地上，拍着大腿边哭边絮叨，不好了，不好了，人善被人欺，马善被人骑，有人欺负我这个老婆子了……

每天傍晚，这种争执几乎都要上演。

今天，奶奶有些扬眉吐气了。她把那些平时放在屋里的铁件拿出来，放在院子里的青石板上一样样摆好。夕阳的光芒在那些铁丝铁钉铁管铁块铁渣小勺剪子铲子上闪烁。奶奶看着它们，一脸的成就感。她一边欣赏着自己的战利品，一边听着大街上的声音。天麻麻黑时，南村那个收废品的就会到来，把这些铁器装进蛇皮袋子，递给奶奶几张钱。

五

小院上方的天空变成了靛蓝色。黄昏的光线给榆树的边缘镶了一圈毛茸茸的金边。数不清的鸟飞进榆树枝叶里，在那儿上下翻飞，鸣叫。

我和大平担心的时刻终于到来。妈妈洗完衣服,回到屋里。我发现她把我们一年四季的衣服都洗了,搭满晾衣竿。衣服向下滴滴答答地流着水,如同雨中的房檐。

妈妈再从屋里出来,手里拿着一个包裹。她从屋檐下的阴影里,慢慢走到院子当中的光亮处。她走到奶奶面前停下,从包里拿出一副胶皮手套,弯下腰,递到奶奶面前,说,戴上手套捡那些铁件,不会扎手。正在摆弄铁件的奶奶抬起头,撩开额前的碎发,如同拨开陈年的蜘蛛网,看了看妈妈,抬起满是茧子、伤口、疤痕的手接过手套,然后一声长叹。

大平坐在窗下的石凳上,一动不动。我跑到大门口,伸开胳膊,拦在那儿。妈妈说,二平,让开吧,从此以后,你和大平有人照顾,我就放心了。她语气平静,可我分明看到,她蓄得太久的泪水坍塌了,夺眶而出。

我没有闪开。妈妈拽我的胳膊,我仍然不动。大平跑过来,把我的手拿开,出了一个豁口。妈妈出去了。她站在门口停留一下,然后快速地走起来,几乎是跑了。她黑瀑布似的长发一甩一甩的,傍晚的阳光在那儿破碎成星星一样地闪烁。

我有些怨恨地看着大平,怪他没有拦住妈妈。大平脸上有明显的泪痕。我想,他也许没有表面上看起来那么坚强。大平抽抽鼻子,说,二平,问题的关键在梁建设那儿。我不由得又恨起即将回来的梁建设。

奶奶的声音传来,她说,你们两个小驴驹子,要是不让那个女人进家门就好了。

我和大平看看奶奶。奶奶灰扑扑的身子团在青石板上,像一堆即将被烧掉的柴火。我心想,奶奶真是老糊涂了,我们怎么能阻止她呢,我们才八岁,不是十八岁。但我发现大平的眼睛亮了一下,就像一颗流星划过夜空。

梁建设的客车快到了。我和大平走出家门。我提议换上被妈妈浆洗干净、每次必穿的白衬衫,被大平拒绝了。

乡村陷入奶油般的暮色里。牧牛人、小伙伴们在路上看见我们,都说,大平二平,去接你们的爸爸吗?要是以往,我和大平早高高兴兴地回答了,是呀是呀。现在,我们谁也不吱声,低着头在他们面前走过。

我们来到麦田,站在麦田中间的一道水渠沿上。下游有人家浇麦子。清凉凉的水流过水渠。麦子半米高,黑绿黑绿的。成群的蜻蜓在麦穗尖上盘旋。它们的羽翼在阳光下闪闪发亮。

天空幽蓝,一朵云彩也没有,像一个轻盈的梦。西天边的晚霞从浓烈的红变作明艳的紫。被晚霞映照的山峦几乎成了透明的。

我和大平没像往常一样走上土坝,就在麦田里等着,等着梁建设和他新结识的女朋友走来。

我看着大平的脸，希望能找到些许安慰或者答案。他眉头紧锁，时不时地舔一舔干燥的厚嘴唇。我了解他的这个动作。老师提问一个难题，他紧张地思考时，就会下意识地做这个动作。

等了一会儿，我们听到土坝方向传来说话声。紧接着一男一女的身影出现在土坝上。土坝一米多高，男的先下来，再伸手把女的扶下来。我们看清了，男的正是梁建设，他手里提着一大块板糖。看见板糖，我对梁建设的恨意似乎减少了些。女的烫着鬈发，面容俏丽。不得不说，她也很美，几乎和小姨一样美。她和梁建设走上了水渠沿。她的高跟鞋走在水泥砌成的水渠沿上，发出清脆的响声。惊起一群在麦穗尖上休憩的蜻蜓。

大平拉我一下，他跳下水渠沿，隐身在麦子中间。我也跟随着。我们像两滴水跳入大海，完美地和麦田融合在一起。麦芒扎着我的脸。麦穗就在我眼皮底下。我第一次发现麦穗的形状像女生小辫的样子。这让我想起伏在麦田里，如同藏在女同学身后，躲避老师提问的那个时刻。

我们听到了梁建设和女人的谈话。他们的谈话通过傍晚的遍布着的薄霭和密密麦子的窄小的缝隙传过来。

我那两个儿子没出现呢，每次都是他们接我，刚才我恍惚看见两个人影，以为是他们，看来不是。

梁老师，听说你那两个儿子又漂亮又听话。

那当然，漂亮有我的遗传，听话也是管教得好，不是跟你吹，他们虽然生活在乡下，但是比城里的孩子还要有教养。

那可太好了，我最怕那种特别野的男孩儿，我本来心理压力挺大的，听你一说，我就放心了。

等一会儿见面，你就知道他们多可爱了，你很快就会和他们交上朋友的。

女人响亮地笑起来。笑声在麦田上空飘荡。

我看看大平，大平的嘴里嚼着麦秆，绿色的汁液顺着嘴角流下来。

六

他们越走越近。能看见梁建设脸上的表情了，是开心的、幸福的。能看见女人白云一样洁白和蓬松的裙子了，甚至看见裙子的下摆站着一只翘着翅膀的花蝴蝶。他们之间挨得很近，牵着手，在狭窄的水渠沿上几乎贴在一起走着。

我感到无情的现实正向我们逼近。我们没法改变它。我看向高远的天空，感觉天空像口锅扣在麦田的上方。如果不是山和树支撑着，它也许会塌下来。

这时，大平拽一下我的衣角。我回过神来，发现大平正盯着我，厚嘴唇抿成一条直线，眼珠漆黑，那里像生长着铁。我似乎也闻到了铁的味道。奶奶的房间里常年散发着那种味道。我的心猛地一颤，忽然明白大平要做什么了。

当我俩从麦田里斜着跳出来，站在梁建设和那女人面前时，他们吓了一跳。女人发出惊呼，快速地闪到梁建设身后，用恐惧的目光看着我们。她裙子上的花蝴蝶飘忽飞走。梁建设向上推推眼镜，有些结巴，噢，是大平二平，你们……你们怎么没换换衣服，脸这么脏？你们——

还没等梁建设的话音落下，我和大平已经冲向梁建设手里的板糖。我们一左一右成犄角之势冲向他，从他手里一下子把板糖夺过来。冲势让梁建设站立不稳，跌到水渠的水里。他晃了几下，勉强站住。他身后的女人就惨了，一屁股坐到水里。水流因为受到阻碍，在她的两腿之间泛起浪花。

接下来，我和大平在麦田里抢夺起板糖来。板糖先是在大平手里，我冲过去，两只手拉住板糖的两个角。大平毫不相让，和我角力。在两股力量相持下，板糖被抻长，终于被拉断了。我们各自闪了一个大趔趄，一屁股坐在麦田里。板糖的断裂处溢出香甜的气息。我们控制不住吃了起来。我们连撕掉包装纸的时间也不想浪费，连包装纸一起咬下，又狠牙牙吐掉包装纸。

刚吃下去一口，我发现我手里的板糖明显要比大平的小得多。我顾不得吃了，站起来，去抢大平的板糖。这过程中，我偷觑一眼梁建设和那女人。女人被梁建设扶起来了，裙子全湿了，面色苍白，瞪大眼睛，梦游似的看着我们。梁建设嘴里咝哈着，眉毛纠结在一起。

一开始，我们知道这只是表演，都收敛着。后来，我们渐入佳境，在抢的过程中因为推搡和击打，真正地生气了，气喘吁吁的，像两只疯狂的小狗一样厮打起来。

我清晰地听到了麦秆断掉的声音，闻到了麦秆断裂处清新的味道。一会儿我占上风，我争到了板糖大的部分，不过很快就被大平抢去了。一会儿大平占上风，我又反冲锋，抢回来。我们像两股势均力敌的部队，为了争夺一个山头拼死相搏。

抢的过程中，我们也没忘记吃。我们抽空吃一口，嚼着板糖，继续战斗。厮打声，喊叫声，咀嚼声，哭泣声，打嗝声混合在一起，成了麦田里疯狂的交响。大平打到了我的脖子，让我又疼又难受，我就哭起来。

有一瞬间，我眼前的麦子成熟了，一片金黄，晃人的眼睛。麦秆焦黄，麦穗沉实，挤挤挨挨，碰撞在一起，发出铜钱一样哗啦哗啦声。我摇摇头，闭上眼睛再睁开，麦子还是绿油油的。原来是我眼冒金星产生的幻觉。

大平的眼睛里像着了火，头发飞起来，脸上泥水汗水混合着往下流，额头上粘着一排芝麻粒，扣子扯脱了，露出瘦巴巴的肋骨。因为在麦田里翻滚，肋骨都被麦苗染绿了,又被麦芒划出细细的伤痕。看见他,我就知道我也是相同的德行。

我们同时发现一小块麻将大小的板糖在争抢中飞到了女人的裙子上,粘住了。我们冲向女人。梁建设企图拦截我们。这时,我们目标一致,迅速结盟,绕过梁建设,冲向女人。女人惊叫着连连后退,裙边被高跟鞋踩住,一下子跌坐在麦田里。我想,接下来发生的事情,她一辈子不会忘记。两个小男孩儿跪倒在她的裙子下,小心翼翼地一点不剩地把那块板糖从她裙子上抠下来。我们没有忘掉起码的礼仪,为了不拉下裙子,分工合作,一人固定裙子,一人抠板糖。

女人哭起来,像她刚才的笑声一样响亮。哭声在麦田上空飘荡。她站起来,掉转头,顺着水渠跑了。跑几步,嫌高跟鞋碍事,索性脱下来,拎在手里,赤着脚跑。她的白裙子变花了,湿透了,紧紧地贴着身体。她的裙摆上粘着一只绿色的肥胖的虫子。我想提醒她,或者帮她摘下来,但是她很快就穿过麦田,跳上土坝,跑远了。她像受惊的小鹿一样敏捷。

梁建设要去追。我和大平一左一右拉住他的胳膊,使他动弹不得。

太阳整个坠下去了,西天边只余一抹嫣红。光线暗下来了。梁建设的脸像即将暗下来的天空一样阴沉。他瞪着我们,气呼呼地说,你们两个把什么都毁了。

大平说，我喜欢小姨。

我说，我也喜欢小姨。

梁建设的目光在我和大平的身上梭巡，想了一会儿，说，那她现在在哪儿？

大平说，她回姥姥家了。

我姥姥家在邻村，离这里不远。

黑暗像浓雾占领麦田的时候，夜晚降临了。梁建设带领我们沿着水渠，穿过麦田，向姥姥家的方向走去。

我和大平跟在梁建设身后。大平把手里的板糖递给我。分成不同部分的板糖在我手里汇合了。现在，它们都是我的了。我看看大平，他背着手，稳稳地走在水渠沿上。我佩服得不得了。我对那个观点越来越深信不疑。有些人天生就是当哥哥的材料。

夜幕下的麦田更显无垠和宽阔。它们无限制地生长延伸，在远方，慢慢起身，和天边交汇在一起。天边出现几颗若隐若现的星星。

这时，我听到村子里传来熟悉的响声。苍茫的夜色中，我奶奶正像一只大鸟拉着磁石走过村街。我仿佛看到那些浮在地面或者隐匿在土里的铁丝铁钉铁管铁块铁渣小勺剪子铲子，拔起身子，穿过黑暗，纷纷向磁石飞去。

发表于2022年第9期《青年文学》

吐默特的歌谣

一

一场大雪覆盖了吐默特荒原。整个荒原像白色火焰，散发着耀眼的光芒。荒原崎岖不平，大片是不毛之地，偶尔有稀疏的白桦林。白桦林的枝丫上也挂满雪。

九岁的阿木尔正在雪地里艰难跋涉。这是入冬以来最大的一场雪。平地上的雪有一尺深，快到阿木尔的膝盖了。她每走一步，都要花费很大的力气。沟里的雪更深，隐匿着危险。就在刚才，阿木尔一不留神，滑进沟里，雪瞬间包围了她。阿木尔慌乱挣扎，陷得更深。幸亏沟边有灌木丛，阿木尔拽着枝条，爬了上来。她惊魂未定地喘了好久，才重新上路。

阿木尔要到镇上去。通往镇里没有大路，只有供马和摩托车走的蜿蜒蜒蜒的小路。现在，这小路失去踪迹，藏在了雪下面。阿木尔只能凭着记忆和周围的参照物，努力寻找。

阿木尔走得慢，离家很久了，才走了短短一段路。回过头，她还能隐隐约约地看到包围她家的那片白桦林。阿木尔家的蒙古包就坐落在白桦林深处。妈妈是那片林子的护林员。

阿木尔上学前一直在白桦林里生活，在树木的清香里长大。去镇里寄宿制学校读书后，她才离开白桦林。寒暑假，她还是会回到这里。她熟悉每一棵白桦树，知道哪棵白桦树上住着花斑纹松鼠，哪棵白桦树上住着长尾巴鸟，哪棵白桦树最晚落光叶子。

此刻，阿木尔无比想念那片童话般的白桦林和散发着牛粪火香味的蒙古包。可她不敢歇息，只能不停地向前走。她有重要的任务要完成。这任务是她主动承担的。随着离家渐行渐远，走得越来越疲惫，她的热情和力气也在慢慢减少。她的鞋里塞满雪，双脚麻木。刚才从沟里向上攀爬时，左手被树枝划了一下，钻心地疼。和此时的狼狈处境相比，中午吃饭时，在妈妈面前拍着胸脯打保票的情景，就是个不自量力的笑话。

妈妈有哮喘，每年冬天都犯。今天中午，刚吃几口饭，妈妈就脸憋得通红，呼吸困难，剧烈地咳嗽起来。妈妈放下筷子，大口地喘气。阿木尔抚着她后背，一边轻轻捶打，一边说，快给其木格打电话吧，让她来给你治疗。其木格是镇医院的医生。阿木尔对其木格印象深刻。那是一个温和漂亮的姑娘。当她光彩照人地出现在阿木尔面前，阿木尔欢喜的同时，也感觉有些自卑。

妈妈拨通了其木格的电话。两个人说了一会儿。然后，她脸上没有一丝轻松的表情。妈妈说，其木格医生答应来，可她没有马了，她要走着来，担心这冰天雪地里迷了路，需要去接她。阿木尔想起来，其木格医生有一匹青色的马。那青色像剥掉皮的熟鸡蛋的颜色。她总是骑着它跑来跑去，为牧民们看病。她高超的医术和永不厌烦的耐心，得到了牧民的称赞。

妈妈叹口气说，要是你爸爸在就好了。爸爸是镇派出所的警察。昨天夜里，他接到紧急通知，连夜走了。那时大雪纷飞，下得正紧。爸爸有一辆摩托车，雪太大了，不能骑，只能徒步赶回单位。今天早晨，爸爸往回打电话，说是警方破获了一桩尘封二十五年的命案，正在配合外地警察对嫌疑人进行抓捕。爸爸又说，警方已经发布通缉令了，知道嫌疑人是谁吗？妈妈那时还没出现哮喘的症状，饶有兴致地问，是谁？爸爸说，老董。妈妈问，哪个老董？爸爸说，就是在你们林业站食堂做饭的老董，董新。其实，爸爸提起老董，妈妈就想到了他。镇上姓董的就他一个人。

妈妈太熟悉老董了。老董四十多岁，小个，细眉细眼，白白净净，不是本地人。他为人和善，见人就笑眯眯的，做得一手好饭。老董还是个热心肠，见不得别人有危难。有一年，站里一个职工得了重病，全站捐款，老董捐了一千元，那是他一个月的工资。那件事以后，很多人都敬佩老董。食堂的工作人员进进出出换了好几茬，老董始终没动。妈妈有时去站里开会，会后在食堂就餐，老董的勺子对妈妈格外大方。他嘴里絮叨着，路程远，多吃点儿。勺子里的鱼呀，肉的就特别丰盛。夏秋时节，妈妈也会采些蘑菇送给老董。说老董是嫌疑人，妈妈有些不敢相信。

妈妈更加难受了，喉咙里像风刮过树梢呼呼响。阿木尔说，我去接其木格医生。妈妈说，那可不行，你太小了，雪太大了。阿木尔身子一挺，说，我都九岁了，可以替妈妈分忧了。妈妈说，你也不认识路哇。阿木尔说，我可以沿着爸爸上班的路走。妈妈说，傻孩子，昨夜雪大，你爸爸的脚印都被盖住了。阿木尔说，那也没关系，你记不记得，今年春天，你没到学校接我，我自己从镇里走回来的。说这话时，阿木尔目光坚定，还很响地拍了一下胸脯。妈妈想了想，也没有别的办法，离她们最近的邻居，路程比到镇里还远。妈妈同意了，嘱咐阿木尔，路上多加小心，并亲自给阿木尔穿上红色的蒙古袍。那是一件里边是羊羔皮，外边罩了红呢子的崭新袍子。

阿木尔这才兴奋地出了家门，一头扎进白茫茫的雪野中。

雪野寂静，仿佛所有的声音都被雪压住了。那些下雪之前，活动猖獗的土拨鼠，此时都不见了踪迹。那些在草丛中跳来跳去捡拾草籽的乌鸦喜鹊，也全都飞得高高的。抬头远望，视野之内一个人影也没有。除了雪还是雪。白花花的雪刺得阿木尔眼睛疼。阿木尔只得收回目光，专心对付脚下的路。一种孤独和恐惧在她心里升起。如同走夜路，疑心身后有人，阿木尔总是回头张望。

一个男人骑着马鬼影般出现，就是在她回头时发现的。她想，也许是熟悉的人，那可太好了。阿木尔索性停下脚步，等着他。他越来越近。阿木尔听见马蹄子在雪地里行走的声音，还有马因为用力喉咙里发出浓重的喘息。她看见马嘴烟筒一样喷着白气，马浑身青色。她感觉马有点儿眼熟，像其木格医生的马。可她立即打消了这个念头，相同颜色的马多了，其木格医生的马怎么能到这个男人手里呢。马背上的男人戴着一顶卷边的毡帽，斜挎着一个背包。男人的脸隐藏在毡帽下边，阿木尔看不清。她希望这个男人是她熟悉的人，是热心的巴特，爱开玩笑的格日图，或者是酒鬼宝音。无论是他们中的哪一个，都会轻快地揽起阿木尔，放到马背上，送她一程的。可是等光线驱散了毡帽下的阴影，阿木尔看清了男人的脸，她失望了。那是一张陌生的脸，苍老，黑瘦，脸上有瘢痕。形成瘢痕的原因，也许是被太阳灼伤过，也许是跟人打过架。他嘴唇干裂，结着死皮，眼睛眯着，偶尔睁大一点儿，目光里透着疲惫，仿佛是从一万里以外的地方来的。

阿木尔回过身，继续走路。男人骑马跟上来，与阿木尔并排走。马打了两个响鼻。长长的马鬃几乎甩到了阿木尔头上。阿木尔能闻到马身上散发的热烘烘的腥膻味。

走到一个小山包顶上，男人开口了，是外地口音。他说，孩子，你叫什么名字？阿木尔头也不抬地说，阿木尔。男人又说，这大雪天，你到哪里去？阿木尔闭紧嘴唇，不说话，保持着警惕。她可不想跟陌生人透露自己的行踪。男人从马上跳下来，指着远方。透过空气中的薄霾可以影影绰绰地看到镇里的高楼。他拍拍马鞍，说，孩子，我要去那里休息和吃喝，再做一些事情，如果你正好也去那里，我可以捎你一段。阿木尔犹豫了。她站住脚，看男人的眼睛。她听妈妈说过，看人就看眼睛，好人和坏人的眼睛不一样。这个男人的眼神柔和，正闪着和善的光。明知骑陌生男人的马有些冒险，可按这个速度走下去，天黑都到不了镇里，见不到其木格医生。冬天的夜晚像掠过草尖的兔子，说来就来。妈妈还忍受着病痛的折磨，也许会有危险。阿木尔又看看男人的眼睛，那里有和爸爸的眼睛一样的东西。她心一横，走近马，手钩住马鞍，脚放在马镫上，身子一蹿，骑到马上。男人发出一声惊呼。他不知道上马对阿木尔是小菜一碟。自去年起,她就经常骑马。

见阿木尔坐稳了,男人轻轻扯一下缰绳,向前走去。他们走过的雪地上,出现新鲜的足迹,如同给那片雪地盖上钤印,宣示了主权。

二

其木格坐在镇医院值班室熊熊燃烧的火炉前。火光映照着她的脸。火苗的形状在她脸上跳跃。火焰产生的风吹动她额前的碎发。王帅刚刚离开这里。屋子里还保留着他的气息。她的唇上还有他的味道。那是怎样的一个吻哪,热辣、凶狠、缠绵、不舍,令人窒息。不出意外的话,这是最后一个吻了。

其木格往火炉里添了两块木柴。火苗贪婪地舔舐木柴。其木格咬着嘴唇,闭上眼睛回忆王帅来到之后的每一个细节。

昨天夜里,其木格刚刚处置完两位病人。她捧着一杯奶茶,望着窗外。雪下得正大,能听到雪落到地面发出的簌簌声。院子里有一盏路灯。雪花在朦胧的灯光里飞舞。

有一个人走进院子,来到门口。敲门声响起。其木格放下奶茶,去开门。她以为是病人来看病。打开门,一个满身雪花的身影猛地把她抱住了。那人个高,其木格只到他下巴。她被结结实实地搂在那人的怀抱里。其木格吓得刚想惊叫,又住了口,这个怀抱太熟悉了。这怀抱热烈、有力、瓷实,散发着雄性荷尔蒙的味道。其木格有些轻微的晕眩。她知道来人是谁了。她抬起头,光洁的额头正蹭到他短硬的胡子茬上。那人的眼睛在夜晚像炭火一样望着她。来人正是王帅,她朝思暮想的恋人。

两个人在门口紧紧拥抱在一起。他们有半年没见面了。那么多的思念和爱恋全都摁在这一个拥抱里。

不知过了多久,两个人分开。其木格让王帅坐在椅子上,倒了一杯奶茶给他。他顾不上喝,明亮的眼睛看着其木格,急切地说,市医院招聘报名是最后一天了,赶紧报吧,我也报了,这样咱们就能在一起了。

其木格看着王帅。他黑了瘦了,胡子拉碴,明显是经过了相思的煎熬。他说,咱们工作了就结婚,婚房都买了。

其木格不说话,转过身,肩头微微地抖。

王帅察觉到其木格的异样。他说,难道你不爱我了吗?不想跟我在一起了?

其木格被这句话烫了一下。她爱这个帅气阳光的大男孩儿。她早就在内心认定了他是可以托付一生的男人。在她来镇医院实习之前,她想的都是将来和这个男人共度一生,一辈子追随他。可是,来到镇医院实习后，她慢慢改变了想法。镇医院人手短缺，设备简陋。院长叫伊尔罕，是一位高高瘦瘦的老人，七十岁了，还在坚守岗位。她的到来，伊尔罕如获至宝。他完全是按着培养接班人的方式对待她。他领着她挨家挨户跑，建立家庭健康档案。他把她引荐给县卫生局的领导。在引荐时，伊尔罕脸上骄傲的表情一览无遗。他把自己的蒙医技术毫无保留地传授给她。他还把镇里的青年才俊介绍给她认识。

伊尔罕做这一切的目的，就是希望她能留在镇医院。伊尔罕开始表达意愿的时候，其木格闪烁其词，不知怎么样回答。她脑海中闪现王帅的面孔。后来，看到越来越多的牧民在她的医治下康复了，看到他们脸上淳朴感恩的笑容，看到伊尔罕古稀之年，依然拐着患有严重风湿的老腿不辞劳苦地奔波，留在镇医院的想法就越来越坚定了。

伊尔罕是她的恩人。她能读大学，顺利毕业，离不开伊尔罕的资助。

其木格的爸爸在她十四岁那年从打草车上掉下来摔坏了，还没拉到医院就去世了。其木格从寄宿学校跑回家，看见爸爸一动不动地躺在勒勒车上。她悲痛欲绝。

其木格在伊尔罕和邻居们的帮助下，安葬了爸爸。从墓地回来，傍晚的风吹拂着她，如同爸爸依依不舍的拥抱。从小到大，她不止一次听过，自己不是爸爸亲生的。可是，这并不影响他们的感情。

其木格回到学校后的第一个月假，背着书包消沉地来到校门口。她不敢看熙熙攘攘的家长。她知道那里永远也不会有她的爸爸了。往后所有的这个时刻，都不会看到爸爸赶着勒勒车来接她了。其木格低下头，缩在角落里，眼泪止不住地流。

走吧，孩子。一个声音响起。其木格抬起头，看到的是伊尔罕。伊尔罕接过她的书包。从此，所有的假期，其木格都是在伊尔罕家度过的。上学的费用也是伊尔罕付的。她受伊尔罕的影响，高考时报了医科大学。

伊尔罕跟其木格讲述了她的身世。伊尔罕用低沉沙哑的声音开了头。他说，孩子，这些话都是你爸爸让我告诉你的，他说，一个人活在世上，总不能糊涂地不知自己从哪里来。把这事瞒着你，对你也不公平。所以，他嘱咐我，一定要在他死后告诉你。这是他去世前一个月说的。谁知道呢，也许他预感到了自己见长生天的日子。孩子，人往往在临终时会有预兆，比如嘎查村的宝路德，梦见走在路上遇到了一挂驴车，攥着要坐，赶车的人不让他坐，还拿鞭子抽他，宝路德硬是坐了上去。梦醒以后，宝路德对老婆说，给我准备东西吧，我要走了。果然，七天后，宝路德就死了。哎呀，看我说到哪里去了，我接着说你的身世。有一年秋天，下大雨，你爸爸家来了一家三口。他们是外地人。你爸爸热情好客，用最好的饭菜招待他们。雨下了两天，一家三口就住在你爸爸家。时间一长，你爸爸就发现了问题。男人和女人不喜欢孩子，自己吃饱喝足，把孩子扔到一边。孩子四五岁，总是哭，哭得上气不接下气。孩子对他俩也不亲热，不让他们抱，一抱反而哭得更凶了。你爸爸怀疑孩子是这两个人偷的。你爸爸就让邻居来陪他们喝酒，稳住他们，自己偷偷地去派出所。等他带着警察回来，那两个人不见了。邻居说，那俩人鬼着呢，不见了你爸爸，自觉不妙，扔下孩子，冒雨跑了。不用我说，你也猜到了，那孩子就是你。你爸爸孤身一人，大家就说，这小姑娘你先养着吧，人家亲生父母来找，再还给人家。这样，你就成了你爸爸的姑娘。其木格这个名字也是你爸爸起的。

其木格喝掉最后一口奶茶。王帅来之前，她已经很坚决地准备留在镇医院了。王帅的到来如同一阵春风，吹得她坚冰似的决心也要融化了。现在，她重新坚定了意志。她转过身，要把自己的想法告诉他。开口之前，她看着这个跟她花前月下耳鬓厮磨的大男孩儿，陡地生出一些希冀来。她多么希望他能够和她一起在镇医院工作呀。那是多么美妙的场景。那她就不再孤独。她的爱情也有了着落。可是，她知道那是不可能的。他生活在大城市，又是独生子。别说他父母不会同意，就是他也不会甘心一辈子生活在这个偏僻的小镇。

王帅满怀希望又忐忑不安地看着她。手里的奶茶升腾起热气。屋子里盈满了奶茶的香味。其木格说了自己的想法，没有想象中的艰难，说完之后还有了如释重负的感觉。王帅的眼睛黯淡了，像火苗熄灭。其木格听到他胸膛里发出沉重的叹息。

窗外的雪下得更大。雪花变成了雪粒子。声音传进来，如同下的是一场暴雨。

王帅再不说什么了。他知道她的性格，认定的事情，九头牛也拉不回来。过了一会儿，他站起身，说，我走了，现在还能赶上最晚的火车。

其木格没有挽留。她想，走了也好，要不这漫长的夜晚怎么样度过呀。她看了看屋角的床。床，对于曾经的他俩来说，那是快乐的港湾。可是现在，那会是怎样一个尴尬的存在呀。

王帅起身开门，走进院子。其木格在后边跟着。雪立刻落在他们身上，白了他们的头。他们没有意识到，这如同一个隐喻。其木格把马牵过来。马是伊尔罕送给她的。她喜欢马的颜色，像青紫色的喇叭花的颜色。她说，路不好走，骑着马吧，到了火车站，把马交给售票处，就说是镇医院的马。

王帅牵着马走出院子，即将上马的时候，回过身，跟跟跄跄地跑几步，猛地把其木格抱住了。他狠命地亲吻着其木格。其木格开始是想拒绝的，可是，嘴唇哪里肯听她的话呀。她热烈地回应着王帅。两个人像小兽那样吮吸。热辣、甜蜜、长久，几乎要窒息了。其木格要晕倒了。她推开王帅。

其木格看到王帅骑上马，消失在雪夜。她忍了一晚上的眼泪才像决堤的洪水流下来。

炉子里的木柴燃尽了，火苗小了。冷气又贴身袭来。其木格从回忆中醒过神。这时，她的手机响了。她接电话。来电话的是那个女护林员，她说自己的哮喘犯了。

三

罗有福在雪地里狂奔。从昨天夜里到现在，他就没有驻过脚，不停地跑。他不记得摔倒过多少次，摔倒了，爬起来继续跑。心脏像一面擂响的战鼓在催促他。喉咙里急促的喘息像风的涌动吹刮着他。跑跑跑。他从漫漫黑夜跑到了黎明，又从黎明跑到了天光大亮的白昼。

夜里的奔跑，让他对雪失去了感觉。像跑在绵软的草地上，像跑在汩汩流动的溪水中。天亮以后，看到满世界的雪，看到身后那一溜歪斜清晰的脚印，他有一瞬间的绝望，脚杆软了，几乎要瘫在地上。他要放弃了，暗想，也许命运就是这么安排的。放弃的一刻，他甚至感到了轻松。可是马上，他不甘心，力气灌满腿，又跑起来。奔跑带起了雪末子。雪末子在阳光下，闪闪发亮。

罗有福仓皇的身影掠过小镇的街道、楼房、超市、广场。这些建筑在他眼里变形了，非常危险，有那么一刻似乎成了身后追击者的同谋。它们形成的狭小的空间，让他更容易被追上。他拼命地跑，一心想摆脱它们。终于，他从镇上跑出来了，一头扎进广袤的旷野中。天地广阔，空气流畅。眼前没有路，是新鲜的处女地。眼前又有无数条路，每条路的尽头都是自由。

他绷紧的神经松下来，终于可以歇一会儿了。他跑到一棵白桦树下，几乎是一头栽倒在那儿。他把头扎到雪里。雪是热的，烧灼着他。过了一会儿，他爬起来，背靠树干，像跑累了的野狗那样喘着气。

几十年了，他从来没有像现在这样奔跑过。他生活平稳，像其他遵纪守法的公民那样安逸地活着。时光磨损了他的心虚和胆怯，见到警察都感到了亲切。他习惯迈着不疾不徐的步子，在单位、家、市场之间穿梭。如果不出现意外，他会迈着这样的步子，步入自己的老年，步入生命的终点。可是，昨天夜里，他的过去像一把从时光隧道里扔过来的巨大的锤子，把他现在的幸福生活砸得稀巴烂。他也清醒地意识到，过去从来没有放过他，像一条看不见的绳索始终缠着他的脖颈。现在，也许是收紧的时刻了。

罗有福这个名字已经被他忘记了。要不是昨天夜里，来自家乡的警察，用乡音喊他罗有福，他以为他就叫董新。从十九岁夏天的那个夜晚开始，他就抛弃了这个名字，连同这个名字所经历的一切。

那个夜晚是朦胧的，所有的一切都被大雾包围，一团一团的雾在大街小巷乱窜。多年以后，罗有福想，那是不是一个梦，那真的发生过吗。可是，毫无疑问，那不是梦。十九岁的罗有福从雾中显现出来。他瘦削，苍白，脸上布满荷尔蒙过剩带来的青春痘。半夜，小县城的街道几乎没什么人。他藏身在街旁一棵粗壮的银杏树后边。他的身子因为紧张颤抖着。他等了很久，几乎要放弃的时候，看见从远处的街道上，从雾里走过来一个人。这个人手里拎着一个包。他是罗有福打工的饭店老板。每天这个时候，他都会把一天的营业额带回家，第二天早上存入银行。罗有福看着他的包，那个外表油腻的包，他觉得包里的钱有他的一部分。今天开工资，本来谈好的每月一千五，老板却给他一千，扣掉五百。五百块钱对他来说是笔巨款，可以邮回老家，解决四个弟弟两个妹妹的学费，可以抓药治疗母亲的肺气肿。可是现在，却被老板扣掉了。尤其令他生气的是，跟老板讲理时，老板大手一挥，蛮横地说，你马上给我滚，开除你了。他在大街上走了一天。傍晚，他决定做点儿什么，不然，他会疯掉的。

老板越来越近了。罗有福用绒线帽盖住脸，只留眼睛，像个幽灵一样溜过去。因为雾太浓了，老板竟然没有发现他。他猛地冲到老板面前，拽老板手里的包。老板惊叫一声，把包紧紧搂在怀里，任凭他怎么扯拽，就是不松手。老板腾出一只手打他的脸。老板力气大，打得他两眼冒金星，鼻子也流出血来，绒线帽都被扯掉了。老板认出他，叫他的名字。罗有福转头想跑。没想到老板一脚把他踢倒，骑在他身上打。一顿老拳把罗有福打得蒙头转向。罗有福被压得翻不了身。他手乱摸，摸到一块砖，握着砖奋力向老板脑袋砸去，砸了一下，老板还不停手。罗有福又砸了几下，老板才身子软了，从他身上滑下去。罗有福坐起来，摸摸老板的鼻子，没有气息。他又推了老板几下，老板还是不动。罗有福的头都要炸了。在家里，他连鸡都不敢杀。这不是他想要的结果。这时，远处隐约传来人声和杂沓的脚步声。罗有福拔腿就跑，包也顾不得拿。

罗有福在大雾中奔跑，躲避着闻声赶来的人群和呼啸而过的警车。他惊慌失措，跌跌撞撞，一直跑到火车站。他蜷缩在铁路路基下，天亮时爬上一辆路过的货车，奔向远方，踏上了逃亡之路。

货车把他带到了吐默特。他在吐默特荒原游荡，找到一个放牧的营生。他给自己起了新名字，董新。雇主待他不错，好吃好喝，还有工资。他看到一双好看的眼睛始终围绕着自己。那是雇主女儿的眼睛。她是个活泼俊俏的姑娘。当她向他表白时，他坚决不同意。他朝不保夕，怕害了她。她却越来越热烈地追求他。一天夜里，他不辞而别了。后来，他又变换了许多工作。十八年前，到林业站食堂做饭，一直到现在。漫长的岁月中，又遇到过一些女孩儿，爱慕他的，或是他心仪的，都被他克制住了。他始终孤单一人。他不希望将来绳索收紧的时刻，有一个人为他的离去而伤心。

距离那个疯狂的夜晚已经过去了二十五年。他无数次为那晚的鲁莽行径后悔。如果能回到那个夜晚，他会坐下来和十九岁的自己谈谈，他要告诉那个年轻人自己现在的感受，告诉他不要冲动，冲动的时候用冷水浇头或者用别的方式冷静下来，千万不要用暴力解决问题。

他发誓再不做任何一件坏事，只做好事。一年年平安度过，让他误以为世界把那个夜晚忘了，把他也忘了。可是昨天夜里的遭遇，让他知道，世界从来没有饶恕他。

昨天夜里好大的雪。罗有福本来已经睡下，接到单位电话，说有几个工作人员下乡检查才回来，还没吃饭。罗有福穿衣下床，离开家门，往食堂赶。在路上，他盘算着做两个热乎乎的菜，慰劳晚归的人们。走出家门不远，头上和肩上都落满雪。

他拐过一个街角，遇到几个人迎面走过来。那几个人步履匆匆，身上全白了。罗有福和他们打了一个照面，心里一惊。这几个人不是本地人，身上似乎散发着他老家的气息。其中一个人的眼神像刀子一样划过他的脸。罗有福赶紧向前走。那几个人走出去一百米，回转身，用罗有福家乡的方言喊了一句，罗有福。罗有福没吱声，头扎下去，脚步加快，继续向前走。那几个人跑起来，嘴里喊着，罗有福你站住。罗有福哪里肯站住，撒腿就跑。

罗有福感觉体力恢复了一些，从白桦树下站起来，向着更广阔的原野继续跑。他有体力，路还熟，有信心跑赢那些来自故乡的追击者。穿过吐默特荒原，就是一条通向远方的公路。只要到了公路，他就自由了。

在一片桦树林边上，他看到一匹马。马的颜色像从市场上刚买回的青鱼的颜色。马孤单地拴在树上，旁边没有人。罗有福想，要是骑上马，跑得更快了。他又想到这是偷。可立即在心里苦笑一下，他现在不是董新，是罗有福了，是正在逃逸的罪犯，做什么都不过分。他悄悄地靠过去，解开缰绳，翻身上马，拍了一下马屁股，小跑起来。

王帅在桦树林里方便完出来，发现马不见了。那是一匹肌肉饱满、骨骼匀称的好马。是它昨天夜里把他从镇医院带到了这里。在夜里，他以为马是黑色的。天明以后，他发现马的颜色是学校花园小路上青石板的颜色。那条泛着幽光的小路，有他最美好的记忆。花开时节，他和其木格无数次漫步其中。

现在，马消失了，他更加沮丧。和其木格分开后，破败的情绪一直伴随着他。他浑身无力，像患了大病，要不是有马，一步也不能走。

王帅站在雪地上，愣了一会儿，强打起精神，朝前走去。天地一片白。天空散发着混浊的光，雪散发着刺眼的光。他晕头涨脑，睁不开眼睛。他稀里糊涂地走了一会儿，很快就迷路了。昨天夜里，他能从火车站到镇医院，多亏了一个骑马的牧民。当那个一脸络腮胡子的蒙古族汉子听说他要找其木格，爽快地让他骑上马，把他送到了镇医院。在路上，汉子述说了其木格治好了他小儿子的肚子痛，啧啧称赞其木格医术高超。

不知走了多久，王帅发现自己正走在回镇医院的路上。他强烈地思念起其木格来。想念她乌黑的头发，芳香的唇。想念她的一切。他要马上见到她。他突然心胸开阔了，想到这也许是命运的安排。他打定主意，去他的城市，去他的市医院，他要留在镇医院，陪伴其木格。他的眼前立即清晰了，出现一条笔直宽阔的路。

四

韩文义见惯了太多的雪，城市的雪、乡村的雪、林中的雪、山上的雪、荒野的雪。他习惯了在雪中行走，让那些米粒般的小雪或者鹅毛般的大雪畅快地落在身上。雪不能成为他前进的阻力。他已经记不清在雪中穿行了多少次，从一个陌生的地方到达另一个陌生的地方。穿过一年一年的雪呀，他就鬓染微霜，从青年变成了中年。

这些年，他始终在路上，一天也停不下来。偶尔因病歇息在某个破旧的旅馆内，他就夜不能寐，往事像潮水一样将他淹没。

他永远也忘不了十五年前的那一天。那是个秋天，正是水果销售的旺季。他和妻子在城市里开了一家水果店。店里终年飘浮着黏腻的香甜味。这味道很多年都萦绕在他鼻孔里。同这味道相伴的是惨痛的记忆。

那天中午，他在离自家水果店不远的一家棋牌馆打麻将。那时，他是多么热爱麻将，喜欢麻将相撞的声音，喜欢和牌时的欢快，喜欢把别人的钱赢过来的刺激。水果店都是妻子在经营。他白天黑夜地长在麻将桌上。他右手的食指和中指被烟熏得焦黄。他的手指肚都被麻将磨平了。妻子跟他吵了无数次，他也不知悔改。

今天这场麻将从早晨就开始打。正打在兴头上，妻子进来叫他，让他回去一趟，她去送货，让他看一会儿店，顺带看管五岁的女儿小妮。他嘴叼着烟，双手码牌，缭绕的烟雾熏得眯着眼睛，屁股焊在椅子上，一动不动。妻子说只耽误他十分钟。他这才极不情愿地起身离开。几个牌搭子一脸扫兴。

他回到水果店，一支接一支吸烟，焦躁地等着妻子回来。小妮坐在椅子上吹泡泡。五颜六色的泡泡从屋里飘出去。刚过五分钟，牌友就给他打电话，让他快些回去。他到店门口张望妻子来的方向。他一分钟也不想待在店里，要立刻回到麻将桌前。他恍惚看到不远处的街角，妻子正赶回来。他对小妮说，妮，妈妈回来了，你坐着别动，爸爸走了。小妮点点头。他从店里窜出去。正好小妮吹出的一个泡泡飞到他眼前。那泡泡在阳光里极其透明绚烂，飞到空中，悠悠飘远了。他回头看一眼小妮，小妮的嘴巴上涂着吃火龙果染上的红色，正开心地笑着。这是小妮留给他最后的形象。

等妻子回来，小妮不见了。昏天黑地地找了两天，没有找到。他报警了。警察通过走访了解到，一男一女带着小妮从街上走过，女的手里还提着一把香蕉。妻子看也不看他，偶尔瞥过来的眼神，比冰还冷。一周后，妻子消失了。那天晚上，他坐在水果店里。水果全腐烂了，店里飞舞着果蝇。他看见椅子上小妮的泡泡桶，抄在手里，吹起泡泡来，可无论怎么用力，一个泡泡也吹不成。他突然大声地哭起来，像狼嚎。

第二天，他把水果店兑了出去，卖掉房子，拿上所有积蓄，踏上了寻找小妮的路。

就这样，从那一天起，他一直在路上。他不敢停下来，一停下来，回忆思念和悔恨就会压垮他。只有走在路上，感觉有希望在前面等着他，他才能心情平静。

这些年他遭遇了数不清的危险：在西南边陲遇到过劫道的混混，在东北和酒后的汉子打过架，在关中的深山老林里遇到过一群饥饿的狼，在西北遇到过满嘴胡言的骗子……他一次次地死里逃生。一个信念支撑着他：他要找到小妮。

他也遇到过好心人的帮助：看他夜里无处安身，留他住宿的陌生人，看他迷路，热心给他带路的人，捎他一程的热心司机，劝解他放下执念的僧侣……

他总是在希望和失望之间奔走。他听人说哪里有一个领养的小姑娘，就兴冲冲地跑过去，结果不是小妮。有的年龄和小妮相仿，面目也有些相似，可他一眼望去，就知道不是他的小妮。他坚信，只要小妮从对面走过来，无论怎么女大十八变，他都能认出她。她的神情，她的眉眼，她的气息都是独一无二的。他梦见过那样的时刻：他走在路上，对面走过来一个女孩儿，随着两人越来越近，他看清了女孩儿的面容，他看着她，从她变化的相貌里看出了她五岁的样子，看出她吹着泡泡，嘴唇被火龙果染红的样子……

两年前，当年负责这个案子的警察联系到他，说已经抓到了当年拐走小妮的人贩子，只是时间太久远了，他们说不清把小妮带到了哪里，只说是内蒙古地区。

他很激动，范围划定了，找到小妮的难度就降低了。这两年来，他就在内蒙古地区游荡。他往往盘桓在一个村镇数日，挨家打听，也曾在黄昏找到孤独的牧羊人，与他聊到半夜。

最近，他通过分析一些蛛丝马迹，那往往是奇异的梦境，生活中偶发的事件，清晨听到的一声喜鹊鸣叫，一只蜘蛛落在头顶……他得出结论，小妮离他越来越近了。

今天，韩文义天蒙蒙亮就出发了。他离开县城一个旅店，准备到镇上去。他行走在吐默特荒原上，踏在新鲜的雪地上，每一步都是崭新的。他祈祷每向前一步，都是接近小妮的一步。

韩文义迎面遇到一个骑马的男人。马是青色的，像黎明时分天空的颜色。马身上热汗淋淋。马背上的人和自己年纪相仿。他不像是经常骑马的人，骑马的样子很笨拙。他的屁股斜坐在马鞍上，脚随意地搭在马镫上。他衣服也单薄，面色苍白，好像被一个仓促的事件扔到了这里。

男人从马上跳下来，险些摔倒，晃了几晃，才站稳。男人打着抖说，兄弟，咱们做个买卖吧？韩文义不解地看着他。男人说，马卖给你，这么大的雪，你需要这匹马。韩文义说，你不需要吗？男人说，你前面的路还很远,你比我更需要。韩文义说,我没有很多钱,买不起。男人说,随便给。韩文义本想拒绝的,可他猛地记起做过的和小妮相见的梦里,他似乎骑着一匹马。这样一想,他便不再犹豫,掏出一沓钱递给男人。男人数也不数,揣进兜里,把缰绳递给他,转身就走了。

韩文义骑上马。马原地转几圈,适应了新的主人,才向前走去。

男人是罗有福。他骑着马即将穿越吐默特荒原时,才想起,离家时匆忙,身上一分钱也没有。他迫切地需要买厚厚的棉衣,坐车,吃饭。他奔跑时没感觉到冷,骑在马背上,很快就冻透了,冻麻了。正为难之际,遇到在雪地上独行的男子,那是个衣衫破旧,神情木讷的流浪汉。他没指望那个人能掏出钱来,随口一问,可实际上,流浪汉掏出的比自己预想的多。

罗有福裹紧衣服,望望前面。前面是一个很陡的坡。他知道登上这个坡,平走一段,再下一个坡,坡的尽头就是一条横亘的公路。公路上每一分钟都有车通过。那些陌生的车,陌生的人会把他带向自由的远方。

罗有福爬上坡,又连滑带滚地下了坡,终于看到了公路。他站在公路旁,抬起手,准备拦车。一辆面包车开过来,他摆手,面包车呼啸而过,没理他。又一辆卡车开过来了,他对着司机讨好地拱手。司机眯着眼,也许在打盹,没看见他,开过去了。

罗有福有些气馁。这时，又一辆车开过来，他跳着挥手。他看见车的速度慢了，有停在他身边的趋势，高兴极了。车越来越近，他看清楚了，是一辆警车。他急忙逃离公路，又窜到雪地里。警车尖锐地鸣叫起来，停下，从车里下来几个警察。警察用老家的方言喊他，罗有福，你别跑了。

罗有福爬上坡，准备跑到远处的白桦林里。即将进入白桦林的时候，他腿一软，倒在地上。他以为自己滑倒了，想再站起来，却怎么也站不起来了。他感觉左脚腕断了一样地痛。也许是慌不择路，杵到了雪下的石头上。看着警察越来越近，他索性不再挣扎，躺在雪地上，看着白桦树的树梢，看着树梢上边的天空。树梢上羽毛般的雪落在他脸上。西天边升起一朵棉花糖那么蓬松的云。他突然感到了轻松。他甚至想到见到警察老乡后，要和他们用家乡话聊一聊：家乡的变化大吗，穿城而过的河架上桥了吗，润东老菜馆还开着吗，剪子胡同东头卖鸭脖的那个长辫子姑娘还在吗……

韩文义策马行走在吐默特荒原上。马昂着头，抬高腿，屁股耸动，在雪窝子里跋涉。他为买下这匹马的决定庆幸。他在马背上眺望吐默特荒原。午后的光线柔和了，雪的光芒不那么刺眼了。荒原更显空旷辽阔。雪并不平整，有如水面的层层波纹。那是风的作用。大雪漫无边际地铺展开去，在地平线的尽头与白色的天空交融在一起。他知道他要去的小镇就在天地交汇的那一团白光里。

韩文义双腿一夹马肚子,向小镇进发。绕过一片银装素裹的白桦林,他看到一个小女孩儿在雪地上走。她穿着红色的蒙古袍,像吐默特荒原上升起的一团火焰。

2024年2月29日

隐 身 衣

一

夜里十点，散了酒局，志新、铁黑和亚丽送庆山回家。

酒局是庆山张罗的，招待省城来的几个大学同学，其中一个还在省教育厅的重要部门工作。这位同学来之前，特意叮嘱庆山，千万不要惊动市里的教育部门。作为重点中学副校长的庆山，把今晚的宴会标准提到本市现有餐饮水平的最高规格。这里面包含两层意思，一是重叙同窗情谊；二是拉近彼此的关系，在以后的仕途中会有关照。

庆山又叫上志新、铁黑和亚丽陪酒。志新和庆山与省城的几个都是同学，都毕业于省城的师范大学。志新在庆山的学校当后勤主任，虽然是庆山的下属，但有同学这层关系，两人处得比亲兄弟还亲。铁黑是庆山的表弟，从小一起光屁股长大，本来混得光景一般，在市场上卖鱼，但自从庆山当上了副校长，就吩咐志新照顾一下铁黑。铁黑就啥都卖了，学校需要啥他卖啥。铁黑的日子就好多了，店开大了，雇用了人手，人也跟个猪尿脬似的飘起来了。今晚的单就是铁黑买的。看到账单上那一长串数字，铁黑有些心疼，还是咬着后槽牙付了款。他知道，表哥会在以后的采购中如数或者加倍补偿的。亚丽和庆山、志新是高中同学，结过婚，因为男人出轨被她捉奸在床，离了，一直单身。亚丽肤白貌美，三十多岁的人看起来像二十岁。她酒量好，并且不怯场，经多见广。所以，一些酒局，庆山就会把亚丽带上。庆山发现，只要亚丽一出马，多么沉闷无趣的酒局立即变得生动活泼。

亚丽在庆山大学毕业单身那段时间热烈追求过他，面对热情奔放的亚丽和温文尔雅的小双，庆山还是选择了后者。但正如那句话所说，没得到的才是最好的，醉酒后的庆山时常望着亚丽红嫩的嘴唇和吹弹可破的脸蛋儿，陷入遐想。只是想想而已，从来没有过实际行动。

志新和铁黑时常开他俩的玩笑，并且有意或者无意地制造过两人单独接触的私密空间。但庆山的底线还是有的，坚决不越雷池一步。他和小双也是伉俪情深，在他的婚姻观里容不得丝毫的背叛。他俩结婚快十年了，还没有孩子。小双天生输卵管狭窄，医生说怀孕的概率是百分之五。他从来没因为这个嫌弃小双，甚至做好了丁克的准备。

今晚的酒局非常成功。志新、铁黑和亚丽把省城来的几个同学陪得相当到位，尤其是教育厅的同学，坐在亚丽身边，肥厚的嘴唇几乎要碰到亚丽红扑扑的脸上了，酒汪汪的眼睛几乎要掉进亚丽井一样深的白白嫩嫩的乳沟里了。让他高兴的，是本次酒局的核心目的。从酒局散后他的表现看，目的圆满达到了。他抱着庆山，说了许多掏心窝子的话，鼻涕眼泪沾满了庆山的肩头。他握着亚丽的纤纤玉手迟迟不松开，加了亚丽的微信，再三叮嘱亚丽到省城就打电话给他。

庆山让志新和铁黑把土特产塞满汽车后备箱。经过了漫长而熬人的告别，省城的同学终于离开，上了高速，回省城了。

几人中，数庆山酒量最差，今晚着实喝多了。他脚下没根，站立不稳。志新、铁黑和亚丽决定送他回家。庆山起初坚持不让，后来晚风一吹，酒劲儿上涌，头昏脑涨，脚下如踏云雾，也就同意了。

叫了一辆网约车。司机问，能吐吗？志新说，不能，他喝酒从来不吐。司机这才启动车。志新说，去星海花园。这时，庆山打了个酒嗝说，不去星海花园，去西城华府。志新说，你家不是在星海花园吗？庆山说，老家来人了，住不开，我和你嫂子去她妹那儿，她家房子空着。

车里酒气熏天，司机摇下车窗，夜风灌进来，汽车登时变得轻盈了，如同鼓满帆的船。车子起动，驶向汹涌奔腾的夜海。

二

网约车在西城华府小区门口把他们卸下来。几个人踉踉跄跄地来到庆山妻妹家门前。

铁黑敲门。他先是轻轻地敲，没响应，就加大了力度。铁黑把那扇防盗门擂得像一面鼓，依旧没人开门。铁黑反身看庆山，庆山看看门牌号，自语道，也对呀。他拿出手机打电话，身边人都能听到电话已经拨通，没人接听。几个人正不知怎么办好，门却开了，小双从门缝中露出头来。小双说，吓死我了，我以为地震了呢。庆山说，怎么才开门，手机也不接，做什么呢？小双把门缝开得大了点，灯光泄出来，光圈像斧刃揳在地面上。小双说，洗澡呢。铁黑嬉笑，表嫂，洗澡怎么没湿头发，是不是有别的情况？小双说，正准备洗，在浴室里放水呢，狗嘴里吐不出象牙。

几个人进了门，发现小双的身体裹在白色的浴袍里，脖颈白皙修长，小腿嫩如葱白，脸色绯红并且有细汗冒出。几个人盯着小双看。小双浑身不自在。她用手边扇风边说，太热了，今晚太热了，你们热吗？志新、亚丽和铁黑都发现小双有点不对劲。志新打个哈哈说，是热，新闻上说今年的平均气温比往年都高。庆山对小双说，打开空调。小双找到遥控器，摁了摁，"哔"的一声，空调运转起来。

几个人把自己的身体扔在沙发上。折腾了大半夜，他们的疲倦像水面上的波纹一圈圈扩大。庆山说，沏点蜂蜜水，解解酒，今晚都没少喝。小双转身离开。不一会儿，传来一声玻璃器皿落到地上的脆响。庆山高声问，怎么了？小双回应，醋瓶子摔了。空气中果然飘来了淡淡的酸味儿。

志新提议说，咱们打会儿牌吧。这也是他们酒后经常的节目，打牌，有时也唱歌喝茶。庆山窝在沙发里的身体挺了挺，来了兴致，说，行。他俩看亚丽。亚丽说，我无所谓。又看铁黑。铁黑一脸苦相。他最怕打牌，因为十回他得输九回。打牌运气占小成，更多拼的是智商。几个人里，他的智商最低。他曾提出休战，说把钱主动掏给他们，不劳动手了。庆山、志新和亚丽不同意，他们说，结果不重要，重要的是过程。庆山把扑克拿过来，已经在洗牌了。志新和亚丽盯着铁黑，铁黑不能扫兴，牙疼似的呲哈着，百般不情愿地坐在茶几前。

小双端着几杯蜂蜜水过来。她的浴袍下摆有一块喷溅了醋汁，晕染开，像血，又像盛开了一朵玫瑰。庆山一下一下切着牌说,你没事吧?小双说,没事,开冰箱拿蜂蜜时不小心碰翻了醋瓶子。庆山、志新和铁黑仰头喝掉一大杯蜂蜜水。亚丽轻轻啜了一口。庆山对小双说,你去洗澡吧,我们几个玩牌。小双把壶里的蜂蜜水加满,去洗澡间了。几个人开始打牌。

他们的玩法是"跑得快",四个人各自为战,单打独斗。铁黑智商不高,但也有小生意人的精明。玩的时间长了,铁黑发现了问题:牌局虽小,也是人际关系的缩影。四个人表面上各打各的,实际上还是形成了一个个心有灵犀的小联盟。在关键牌上,还是能看出倾向性。志新帮庆山,庆山帮亚丽,就是没人帮铁黑。铁黑看透这一切后,采取了挨揍打呼噜的态度,视而不见,输钱就当是感情投资了。

没想到,今晚却是铁黑的胜利日,牌抓得太好了,打得也顺风顺水。铁黑连续赢了多个回合,面前的钱堆成了小山,场上的局面登时变成了"三掐一"。庆山、志新、亚丽三个人对铁黑猛攻猛打、拦挡堵截、诱敌深入、合力围歼,战术运用得炉火纯青,依然不能阻挡铁黑胜利的步伐。得胜的铁黑还不忘羞辱他们,腰身扭动,手舞足蹈,在幻想中,他手里拿的不是牌,是皮鞭,正一下一下抽在他们的身上,抽在亚丽赤裸的臀上……每回合胜利后,铁黑都像地主婆一样,伸着手,在三人面前恶狠狠地喊,拿钱拿钱拿钱。

赌品见人品，庆山很坦然；亚丽虽是女流，也毫不变色；只有志新气量小些，从一开始的强颜欢笑到后来的不苟言笑，面如猪肝。牌势的一泻千里让他彻底丧失了信心，每次出牌都犹豫不决、战战兢兢。他屁股下像插了稻秆，扭来扭去。现在的牌局对他是种煎熬。他数次想提出散伙，一走了之，但见庆山和亚丽兴致正浓，只好痛苦地继续挨着。

小双脸上挂着水珠，擦着头发出来了。志新如同见到救星，说，嫂子，换手如磨刀，你替我打一下，我到外边去抽根烟。志新起身拉开进户门，黑暗像狗溜进来。庆山说，不用出去，到阳台上去抽，我记得他这儿有个阳台，连着卧室。小双说，别到阳台上去抽。庆山说，怎么了？小双说，开窗户容易进蚊子。庆山嫌小双有些多事，对志新说，没事。

志新把门拉上，向卧室走去。卧室的门关着，他推开门，背影消失在门后边，如同进入另一个空间。

三

五分钟以后，志新回来了。没有人注意到他脸色苍白，眼神飘忽，脚步绵软。小双把牌交给他。志新坐下后，眼睛盯着牌，花红一片，模糊不清，强迫自己定了定神，才重新进入打牌的状态。

铁黑看了看志新。志新不看他，摆弄牌，手指有些抖。铁黑找个空当，打个哈欠对在一旁观战的小双说，嫂子，你也替我一下，我也去抽根烟，提提神。他把牌递给小双，起身奔阳台去了。

接下来的时间，志新的心思不在打牌上了，输赢成了最无聊的事情。他一边寻找周围可用的应手的家伙，比如垃圾桶、烟灰缸、水果刀……一边回想着刚才惊心动魄的遭遇。

五分钟之前，志新推开门，穿过卧室，到阳台上去。卧室亮着灯，灯光近似暧昧的昏暗。卧室的床上铺着被子，被子蓬松着，裹着一个人形的空间，可以想象曾经有人在那儿惬意地睡眠。卧室与阳台之间隔着一扇窗。卧室已经够暗的了，阳台更暗，几乎与外面的黑暗融为一体。

阳台是半封闭的，三面围着栏杆，不足十五平方米。这是志新倚着栏杆吸烟时目测出来的。阳台空间不大，却被主人塞得特别拥挤。有几盆高大的绿植，两个椅子，一个单人沙发，一个茶几，茶几上还放着一套茶具。在阳台的西北角，有一个衣架，上面挂着几件衣服，冷不丁一看，好像站着一个人。

空气灼热，没有一丝风，很闷。这里是九楼，四下望去，视野辽阔。接近午夜了，大部分人家的窗户都是黑的。少部分还亮着灯。有的人家窗帘也没有拉，可以看见男人在看体育比赛,女人几乎赤裸地走来走去。如果是平常,志新会饶有兴致地看上一阵,今天他没那个心情。牌打得稀烂败坏了他的心情。他掏出兜里的钱数了数,只剩下薄薄的几张了,已经输了很多。他的心情像天气一样闷起来。他老婆热爱钱像热爱生命,每个月只给他固定的零花钱。他要用这钱应酬,加油,还要贴补母亲。每次都能赢,今天不知怎么了,手像摸了狗屎一样臭。他狠狠搓搓自己的手,甩了甩,想把晦气甩掉。他对自己主动提出打牌的建议,悔得肠子都青了。正在懊悔之际,阳台的另一边突然传来"嘭"的一声,声音不大,但足够清晰。

志新向发出声音的地方走过去,只走了几步,就停住了。他的心脏像被一只手攥住了。他在衣架后边看到了一个人,高高瘦瘦,面目不清,眼睛却像炭火一样明亮。志新即将窒息的时候,手松开了他的心脏。他听到心脏发出欢叫一样的跳动。他没有继续向前,在离衣架几米远的地方站住了。他看着那个人,也能感觉那个人在看着他。空气像玻璃一样变得又脆又硬。

他先是被吓住了。反应过来之后,他的念头像一锅沸水上下翻滚。显而易见,这个人是小双的情人,也许刚刚在床上苟合完。那床被子下面也许还能嗅到汗液和其他体液交融的味道。怪不得今晚的小双看上去那么不自在。小双真够大胆,明知今晚庆山会来,还争分夺秒与情人幽会。那得是多么的焦渴，多么的干柴烈火，多么的狂野暴烈。没想到平日端庄淑贤的小双，背地里也会出轨。看起来感情笃厚的庆山和小双，竟然神不知鬼不觉地藏着一个第三者。他不由得感叹，想起一句话，张爱玲说的，人生是一件华美的睡袍，里面却长满虱子。

他站在那里一动不动，思索着应该怎么办。按理说，作为庆山最好的哥们儿，发现庆山头上多了一顶比嫩黄瓜还绿的帽子，他应该冲上去揪出那人一顿暴捶，往死里打。怎能坐视哥们儿受此奇耻大辱？就像在大学时，一天深夜，他和庆山在露天小酒馆，边喝啤酒边看世界杯。庆山和邻座的几个小青年发生了口角，吃了亏，让人下了黑手，额头被人抡了一酒瓶子，血像虫子爬下来。志新抄起凳子就砸过去……

可是，现在不是年轻时无所顾忌的年龄了。志新往深处想，一通乱战后，当着几个人的面儿，发现小双的奸情，以庆山的性格，必定要闹离婚。这桩事必定闹得满城风雨。庆山会成为人们背后戳戳点点的对象。除了名声外，损失更大的是庆山的前程。现在的校长马上要退休了，庆山正铆足劲与几个副校长竞争校长的职位，并且已经有了相当大的优势。今晚请省教育厅的同学就有让其鼎力相助之意。如果家庭遭变故，庆山在组织那里会失分，还有，他肯定也没有心气去竞争了。本来庆山已经允诺志新，自己当上校长后，就让志新当副校长。如果他现在冲上去与那人扭打在一起,那这一切就都泡汤了。自己和庆山的前途都完蛋了,这些年的努力工作,溜须拍马、卑躬屈膝都将付之东流。

志新想到这儿,不与那人正面相对了,侧过身子看着阳台外苍茫的夜色。天空邈远、神秘,幽蓝色的天幕上,点缀着密密麻麻的星星。天边一颗流星拖着闪光的尾巴无声地划过,像划过谁的沉沉的梦境。

志新重新回到刚才的位置,手扶着栏杆,微凉湿润,手心里全是汗。不能冲动,他告诫自己。可是又觉得从内心深处对不住庆山。这一丝丝内疚像滚雪球一样越滚越大,滚得一座山样,压得他喘不过气来。他迫切需要找一个人分担。铁黑是庆山的表弟,比自己的关系更进一步。看铁黑怎么处理,自己静观其变。主意已定,他离开阳台,穿过卧室的时候,给铁黑发了条微信:阳台上有一个男人。

现在,志新一心三用,打牌,听阳台上的动静,盯着电视柜旁一个矮木凳。矮木凳是实木的,硬度绝对够。他盘算着,如果听到阳台上厮打起来,他第一时间抄起木凳冲上去,抡到那人头上,像十五年前一样。

四

阳台上很静,像一个空洞。铁黑靠在栏杆上吸烟。

他狠狠吸了一口,让烟在五脏六腑游走一圈,然后吐在夜色中。他看着烟慢慢融入黑暗,成为黑暗的一部分。

铁黑收到志新的微信后,就知道表哥庆山被绿了。他到了阳台,四下看了一眼,就发现了阳台的西北角,一个衣帽架后面有一个男人。衣帽架并不能完全遮蔽他,能看到他的侧面,高个儿、长腿、大脚。铁黑盯着他看了看,他一动不动,像是衣帽架的一部分,但能听到他野兽一样粗重的呼吸。铁黑发现阳台灯的开关就在他这一侧,只要伸手一按,那个男人就会赤裸裸地暴露在灯光下。但是他忍住了。他想的是曝光男人的后果。别的先不说,必将是一场恶战。看男人的体形,身架子大,如果他反抗,想制服他一两个人怕是有点难,得庆山、志新、铁黑齐动手。三个人中,铁黑最为年轻强壮,必定要冲锋在前。他的性格,一打架就兴奋,后脖颈都会乐开花。打架时他的手不受大脑控制了,被一股岩浆一样的热血拱着,下手的力量大而且黑。他下手黑在当年的小镇上是出了名的,打起架来,专往人的要害地方打,越是见血越是兴奋,为此没少吃苦头。前几年,他摆摊卖鱼时,与一个买主发生了几句口角,血往上涌,一拳打断了那人的鼻梁骨,要不是别人死命拦着,他会把那人打得生活不能自理。那次的打架让他付出了大半年的收益,外加半个月拘留。这些年,他尽量避免打架。因为知道自己打架时的操行,他都把打架的念头掐灭在萌芽中,面对火星四射,即将开战的瞬间,他拽住自己像拽住一只龇牙咧嘴,作势欲扑的狗。尤其是今年,他更不敢打架了。前阵子小区门口算命的说他今年诸事都顺,只是会犯官科,所以一切都要多加小心。

再说,归根结底这是别人的家事,自己没有必要插手。他不会把这样的事情当回事,只是心里埋怨表嫂太大胆了,敢把姘头带到家里,也许正是追求这样的刺激。这样的事儿算什么呢,铁黑看了看黑暗中的城市,这样的事儿每时每刻都在每栋楼里上演。看起来越光鲜的人,背后也许就越龌龊。铁黑自己也有两个情人,一个是以前一起卖鱼的,一个是朋友的妹妹。铁黑对男女之事很随便,知道底细的朋友说他像公狗一样骚。但是即使是铁黑这样的人,也有自己的底线,那就是从来不会把情人带到自己家里,也不去情人家。

他又点了一支烟,心里突然高兴起来。他知道自己不应该高兴,表哥是自己的至亲,对自己那么照顾,要不是表哥,他还在街头卖鱼。但那喜悦的心情就像水面上的葫芦,摁下这个漂起那个,最后拦不住了,铺满了水面。一条黑蛇从葫芦中探出头,吐着鲜红的长芯。他认真审视一下,才发现这条蛇的名字叫嫉妒或者憎恨。这条蛇从幼年时就钻进了他的心里。

庆山和铁黑是姑表亲,庆山比铁黑大两岁。幼年的庆山就长得仪表堂堂，不像铁黑长得歪瓜裂枣。上学之后，两人的差距更加明显，庆山脑瓜聪明，一点就透；铁黑榆木脑袋，愚笨迟钝。因为庆山，铁黑没少挨父母的打。父母用鸡毛掸子、擀面杖，一边痛打着他的屁股，一边骂着，看看你的表哥，人家是怎么长的，再看看你，一坨狗屎。和庆山相比，铁黑成了一坨屎，还是狗屎。后来庆山考上大学，到学校当了教师，娶了貌美如花的妻子。铁黑成了浪大街的鱼贩子，光棍一条。庆山结婚的夜晚，别人都去闹洞房，忙活了一天，累得腰都直不起来的铁黑躲在暗处抽烟。他望着新房窗户上一对新人的影子，想着小双高挑的个子，柔嫩的腰肢，把烟吐到地上，连夜走回了城里。在路上，他发誓要找个和小双一样漂亮的妻子。结果呢，现实很快击碎了他的誓言，他找了一个相貌普通、神情木讷的女人，草草结了婚。

他早已没了心气和表哥争高低了，天生不如人家，认命了。现在又在人家下巴颏底下讨饭吃，还能说什么呢？表面上是庆山的表弟，其实更像庆山的奴仆。两人一同走，他必定走在前边给庆山开门；庆山家里的水电坏了，都是铁黑去维修；庆山家买米买面，都是铁黑往楼上扛……没想到，在这样一个夜晚，他见证了表哥遭遇了一个男人最不能忍受的耻辱——妻子背叛。

他不想破坏这样一个属于他的美好夜晚。今晚是属于他的全胜时刻，无论是和表哥的隐形对弈还是打牌。自从打牌以来，从来没有这么酣畅淋漓地赢过。他不想因为阳台上的男人破坏好心情，破坏这样的夜晚。

他转身离开阳台，噘起嘴来，轻轻地吹着口哨。在向客厅走的过程中，他想到志新发的微信，他也应该发微信告诉亚丽。将来有个一差二错，会多一个人承担后果。

五

亚丽不吸烟，她的借口是到阳台上透透气，屋里太闷了。她从志新和铁黑挤眉弄眼的表情中，再结合铁黑的微信，猜到了阳台上的男人是小双的情人。

她到了阳台上，倚着栏杆，顿觉神清气爽。月亮出来了，满月，悬在空中，像一只巨大的独眼，散发着幽幽的有些魅惑的光。阳台的一切就看得很清楚了。一个男人大大咧咧地坐在沙发上，眉眼不是很清晰，但看样子很年轻，也许不会超过二十五岁。他根本无视亚丽的存在，直视着她，眼睛里有着火一样炙热的光芒。老牛吃嫩草，这是亚丽的第一个念头。小双的出轨对象是个比她小将近十岁的男人。亚丽哑然失笑，有些鄙夷小双的口味。这个年龄的男人有什么好呢？除了年轻，不知疲倦，他们乔张造致，太莽撞了。他们阅历浅显，经济能力基本为零,可能连个包包都不能送。这样的男人将来也可能会成为好男人,可是要经过无数个女人的调教。亚丽可不想充当这样的调教者。他们不在她的食谱上。

亚丽不看他,转过身来,望着夜幕下剪影似的一片片楼群。远处的马路上传来汽车轮胎快速碾过路面的声音。

她把两手绞在一起,思索着自己接下来该怎么办。志新和铁黑两个大男人发现后,都没做出什么举动,把这个难题推给了她。她成了坐在桌前解题的人。

亚丽外表大大咧咧,实际上心思缜密。她想他们也许在等着她大叫一声,他们就冲到阳台上来,揪出这个男人,揭露小双的丑事。那样,今夜必将乱成一锅粥,闹得不可收场,明早街头巷尾都会带着幸灾乐祸的表情议论这件事。那她成了什么呢,告密者,只能是一个告密者。影视剧中早已演过告密者的结局,很惨。她预料到了自己也是这样。最后两边谁也不会说她的好,只会怨恨她。就像她,到现在还恨着她的闺密一样。本来亚丽有着一个人人羡慕的婚姻,丈夫是个小有成就的商人,她吃穿不愁,生活清闲,丈夫也待她很好。有一天,她的闺密向她报告了一个消息:她丈夫正在和一个女人在宾馆约会。她怒火攻心,带着自己的两个兄弟,冲进那家宾馆,把丈夫和那个女人捉奸在床。她大吵大闹，又抓又咬。丈夫慌乱中，连衣服也没穿就跑下楼。那天黄昏，许多人见证了一个裸体的男人惊魂失魄地戴着避孕套狂奔了一百多米，像个兔子一样消失在一栋楼房的拐角。这件事霸占这个城市的新闻头条长达半年之久。事情闹到那个程度，只能离婚了。离婚后，她的丈夫和那个女人迅速结了婚。他们的生活没有预想中的不堪，反而很幸福。去年，在街头遇见，前夫还是那么帅，他俩牵着一个像从图画中走出来的小娃娃，亲昵地走着。而她呢，不得不忍受从一个男人的床，旋磨到另一个男人的床，可没有一张床能让她感到踏实和温暖。她后来想，如果不是闺密通报消息，她蒙在鼓里，不会去捉奸，那前夫也可能是逢场作戏，最终会回归婚姻，回到她身边。现在，她依然过着富足安逸的生活。可闺密把她的一切都毁了。闺密看似好心，实则害了她。她从此再不和闺密往来。

　　她反过来想，如果她现在拆穿小双的丑行，以庆山的性格一定会离婚。庆山离婚后会娶她吗？她马上得出了结论，不会的。现在两人偶尔会调笑几句，说些暧昧的话，那是知道两个人已经没有了可能。如果庆山离了婚，两人就有了某种可能，那庆山会离她远远的。自己呢，也不会嫁给他的。虽然还对他有爱，旧情依然像一堆没有燃尽的灰烬，一等东风吹绽，便会兀自开燃，但是时间像块粗粝的砂布，磨损了一切，他们都不是过去的自己了。庆山没离婚,他们还是朋友,如果庆山真的离了婚,也许他们连朋友都做不得了。她会失去和庆山的纯洁的友谊。她很看重这份友谊,像深藏的一块糖,孤独寂寞时舔舐一下,能抵御生活的苦。

她又想,谁的婚姻是一帆风顺呢?总会经历些波折。小双也许像她的前夫一样,一时昏了头,做了错事。经历一些时间,她会迷途知返的。为什么不给她机会让她自己处理呢?等她甩掉那个小男人,那今夜就将成为她记忆深处的秘密。谁又没有秘密呢?谁的人生没有荒唐的过去?宁拆十座庙,不拆一桩婚。如果当年,她的闺密有她这个境界,那她的生活就不会改变,还会庸俗地幸福下去。她有些感伤,同时也觉得自己变得崇高起来。

想透了一切,她长嘘一口气,轻盈转过身,离开阳台。她从男人的身边擦过,看也没看他一眼。但是她皱了皱鼻子,她闻到了他身上散发着浓重的汗酸味儿。

六

亚丽回到客厅,他们并没有继续打牌。志新和铁黑看手机,小双给庆山捏肩膀。庆山向后靠着沙发,闭着眼,脸上是享受的表情。小双眼波里流转着柔情蜜意。亚丽心里呵呵了一声,真该给小双颁发一个奥斯卡奖。

亚丽坐到沙发上。志新和铁黑抬眼看她。三双眼睛对视了几秒钟，交换了意味深长的内容。然后都低下头去摆弄手机。亚丽和铁黑都接到了志新的微信：把庆山叫出去。亚丽和铁黑立刻就明白了志新的意图：把庆山弄走，给那个男人离开的机会。这似乎是唯一的办法了。三个人没有揭露，那就只能给小双打掩护，让那个胆大妄为的男人离开。亚丽和铁黑看看志新，微微点头，达成一致。眼神都有点闪烁，像鸟在水波上一掠。他们意识到自己成了小双和她情人的同谋，在彼此的眼睛里发现了或深或浅的负罪感。

志新说，庆山，咱们再出去喝点酒，今晚必须尽兴。庆山睁开眼，盯着墙上钟表说，快十二点了，不能喝了。志新看看亚丽。亚丽说，必须喝，不喝点酒，睡不着觉。铁黑说，对，酒是亚丽姐的男人，离了不行。亚丽用抱枕敲了敲铁黑的头。铁黑夸张地大叫。庆山说，主随客便，你们要喝，我舍命陪君子，只是这么晚了，别出去了，就在这儿喝吧。小双你看看冰箱里有没有菜，酒我知道肯定有，我妹夫也是好饮之徒，家里不缺酒。小双说，刚才我看了，冰箱里有真空包装的卤肉，还有腊肠。庆山说，正好，端上来，我们哥几个再喝点。志新一撸袖子说，今晚放开喝，有多大能耐使多大能耐，谁也别藏着掖着。铁黑说，不醉不归。小双一脸娴静，转身去准备。亚丽望着小双离去的背影想，如果不是阳台上的那个男人,小双真是一个好妻子,谁娶了她,谁有福气。

小双把酒和菜很快端上来,放到茶几上。铁黑要把茶几上的钱收起来。庆山说,别收别收,喝完酒也许还玩呢。铁黑说,哥,今晚你们就认了吧,别挣扎了。庆山说,那不一定,喝完酒就是另一个时辰了,你的好运气就过去了。铁黑说,那好,今晚我是来者不拒。

几个人摆酒添灯重开宴。志新、铁黑和亚丽轮番敬庆山酒,意图很明显,尽快把庆山放倒。不料,庆山战斗力爆棚,以一敌三丝毫不落下风。庆山酒量不大,但是醒酒快,前半夜喝的酒都散去了。现在,他满血复活,以崭新的姿态投入酒局。

酒至半酣,谈起往事。志新说起和庆山上大学的时光,两人一起翻出围墙看球赛,一起和别人招架,一起在深夜的街头狂奔。铁黑说起和庆山小时候的事,庆山给他儿子找学校的事,拿钱给他母亲治病的事。亚丽说起和庆山高中开运动会的事,举办毕业晚会的事,甚至是庆山单身时追求他的事。酒意之下,几个人都伤感了,志新和铁黑流下眼泪,亚丽也红了眼圈。庆山说,你们这是怎么了,好好的喝酒,整成追悼会了。他的情绪也受到感染,感慨着人生至今,有他们几个朋友是幸福,也掉了眼泪。

喝酒途中,志新和铁黑至少有两次把刚才的默契都忘了，冲动地要去阳台上把那个男人揪出来，把他摁在地上摩擦。但是，他们受了酒精的控制，手脚动不了，像戴上了沉重的镣铐。

这酒一直喝到后半夜两点多，三瓶高度白酒都干掉了。几个人都喝多了，喝得醉死过去，歪在沙发上横躺竖卧地睡着了。

七

小双在厨房里洗刷餐具。今晚她是惊喜的，因为在他们来之前，她在厕所里用试纸做了测试，她怀孕了。这对于一个结婚十年，日思夜想自己的孩子，想给深爱的丈夫一个孩子的女人来说，是多么大的喜事呀。她的卵子像一个勇士冲破狭窄的通道，和丈夫的精子结合了。她成了那百分之五的女人，以至于她全身颤抖，不知所措，在丈夫的朋友来了以后，表现不自然，心不在焉，打碎了一瓶醋。他们虽然是庆山的挚友，但这样的喜事，她不想同他们分享，她只愿同庆山分享。她更怕，说出去之后，这个孩子就会凭空消失了，就像是隐秘的愿望，说出去就不会实现了。

水流声很大，哗哗冲洗着盘碗的油腻。小双幸福地憧憬着肚腹里的孩子一日日长大，终于来到人世的情景。她喜极而泣。

阳台上的男人蹑手蹑脚地走出来，走进客厅里。他憋坏了，在黑暗中待久了，眼睛在明亮的灯光下适应了一会儿才敢睁开。他看到了茶几上散放着一些钱和手机。三男一女睡在沙发上，打着此起彼伏的鼾声。女的叉着腿，裙子撩上去，可以看见粉红色的内裤。他无暇多看，把茶几上的钱和手机全部揣进兜里，迅速打开门，出去了。对于他这样的人来说，外面广阔的天地最安全，任何四方的、幽闭的空间都让他感到恐惧。

小双听到开门声，离开厨房，来到客厅。她没发现什么，只是门开了，外面是深渊一样的黑暗。她纳闷，门为什么会开呢，来不及细想，赶紧把门关上。

出了单元门，他长出一口气。他很年轻，如果在白天，你会发现他稚气未脱，是刚刚离了校园的模样，苍白的唇上生着一圈柔嫩的短髭。他刚出道不久，这是他第二次入户盗窃，第一次也是这个小区。这次本以为万无一失，却险些折在里面。本来，他已经观察了好长时间，这一户没有人住。他在昨晚黄昏时拨开锁进了这家，从容不迫地翻东翻西，最后累了，竟然躺在床上睡着了。开锁声惊醒了他，他无处可躲，只能藏在阳台上。进来一个女人，后面又来了几个人。他们吵闹着打牌。

他窝在阳台上，尽量不发出声响，焦灼地等待着逃脱的机会。夜色越来越重，他们仍然没有离开的意思。

他像一只被困在笼子里的野兽，几乎要疯狂了。他仿佛看见头顶上悬着一只随时可能掉落的锤子。而他已无处可躲，只能接受命运的审判。他望着阳台外边，那里是广阔自由的空间，他恨不得自己能变成一只鸟，赶快飞离这个地方。

第一个人到阳台上时，他躲在衣帽架后，不料脚碰到了栏杆，响了一声。那个人过来发现了他，肯定发现了他，盯了他好长时间。他眼睛一闭，心想，今天要栽了。没想到，那人像没看到他一样，从阳台离开了。第二个人来也是，对着衣帽架研究了一会儿，也离开了。经历了前两个男人对他的视而不见，他完全蒙了，甚至有些生气了，他们在干什么呢，耍戏他吗？伸头是一刀，缩头也是一刀。他索性坐在沙发上，不藏不躲了。第三个是个女人，看了看他，同样把他当作空气。

现在他明白了，他那正在监狱里"养老"（无期徒刑）的师傅曾经说过，干他们这一行，总有那么一两次，别人会看不见你，就像祖师爷给你穿上一件隐身衣，那是作为一个盗（他更愿意称自己为盗，而不是贼或者偷）的荣耀时刻。当时，他以为师傅是信口胡言，糊弄他年龄小，现在看却是真的了。

小区里灯光朦胧。草丛里的虫子发出梦呓一样的叫声。他走在上面，像童年时，走在一条水流缓缓的河中，两边的杂草温柔地拂着他的脚踝。黑暗如同大幕，缓缓收拢。远处的高楼大厦据守在黑暗中,如同他故乡壮丽的群山。一轮明月挂在两栋楼之间,洒下万丈清辉,世间的一切都变得虚幻了,像梦一样。地上有风微微吹过,吹起一片枯叶,天上有鸟缓缓飞过,扇动一片云朵。他仿佛站在宇宙的中央。大地正在上升,上升,他也跟着上升,上升,离月亮越来越近,沐浴在圣洁的月光里……

他突然顿悟了,觉得今晚的幸运也许是一个警示,告诫自己不应该再干这卑鄙的勾当了,应该趁着年轻去学一门手艺,做一个光明正大的人。他记起了自己七八岁时的理想,是做一个敲敲打打的小木匠。是什么让他舍弃了最初的梦想,成了现在这样一个连自己都讨厌的猥琐的盗?是纷纷扰扰的生活,还是其他?他已辨别不清。有一点他是清楚的,那就是过了今晚,他将金盆洗手,脱胎换骨,重新规划自己的人生。

赶快离开这里,早点儿重新开始。他激动不已地加快了步伐。

走到小区门口,他看见两个保安拿着警棍一左一右围上来。他紧张了一下,但随之释然了,他怕什么呢?今晚是属于他的荣耀时刻,祖师爷保佑着呢。他本来有充足的时间,可以弹动两条大长腿迅速逃离,几秒钟就会跑得无影无踪。那是他以往的做法。今晚,他可不想那么干。

两个保安越来越近。他能听到他们啪嗒啪嗒沉重的脚步声，能听到他们别在腰间的钥匙发出哗啦哗啦的摩擦声。他能看清他们的脸了，一个胖些，一个瘦些，都带着梦游一样的神色。

他耸耸肩，摸摸身上，似乎能摸到那柔软的、薄如蝉翼的隐身衣。他微笑着，无所畏惧地向保安走去……